探し物は
すぐそこに

Amy Okudaira

幻冬舎

探し物はすぐそこに

装幀 ◇ 児玉明子
装画 ◇ 竹中りんご（おムすび）

探し物は何ですか？

4

わたしの人生のレールは、どこか別のところに延びているようだ

空港に着いた飛行機のドアから一歩出て、ターミナルビルへと延びる通路へ降り立った瞬間に、全身が湿ったなま暖かい空気に包まれる。その湿った空気は少しだけ甘い匂いを含んでいて、それがわたしを日本ではない暖かい南の国に来たというたしかな気持ちにさせてくれた。

バリ島の玄関口であるデンパサール国際空港は、数年前に全面的に建て替えられたらしく、信じられないほどに近代的で立派になっていた。以前の途上国らしい空港の面影は全くないけれど、この空気の匂いは同じだな、と懐かしい思いがする。

わたしの記憶の中にかろうじて残っている以前のこの場所は、空港にしては暗めの照明、床一面に敷かれた白い四角い大きなタイル、茶色っぽい壁、プラスチックの黄色いパネルに黒い文字で書かれた表示板。そして、日本人だと入るのに躊躇《ちゅうちょ》してしまうよう

な、清潔感に欠けるトイレ、何も知らない旅行者に料金をふっかけるポーター。

それらは今は、全部なくなっていた。その時と同じ場所であるはずなのに、まるで別の場所に来たかのように、一切の面影がなかった。わたしの中にある空港の記憶も時間が経てば経つほどに曖昧《あいまい》になって、そしていつか、ほんとうにあったのかどうかさえわからなくなってしまうのかもしれない。

でも今は、過去なんてそんなものでいい、という少し投げやりな気持ちもする。この空港に着いたとたんに、それまでわたしの頭の中を占領していた、わたしを苛立《いらだ》たせ、苦しめる記憶たちが薄れたように、過去がなくなってもわたしは困らない。

いろんなことがどうでもよくなり、忘れたくなっている今のわたしには、過去というのは自分の記憶の中以外には決して存在していなくて、危うくあやふやなものという考え方はとても気に入り、わたしの気分は少しよくなった。

この旅に使えるのは、移動を含めてたったの四日間だけだったけれど、思い切ってバリ島に行くという選択をしてよかったな、と空港に着いた時点でもうすでに思い始めていた。

友人たちが結婚し、家庭を持ち始めてから、海外へひとり旅をすることも何度かあったから、ひとりで海外へ行くのは初めてではないし、海外へのひとり旅は嫌いではなかった。

知らない街で、知らない人たちが話す知らない言葉を聞きながら、食べ慣れないものを食べ、使ったことのないお金を使う。そうしていると、わたしではない誰かになったような気さえした。そして、この街の誰もわたしのことを知らない、というのが何故だか快感で、それがひとり海外旅行の醍醐味《だいごみ》だった。

旅行先では、外国人のわたしが何をしようと、誰も気にしない。レストランでメニュー選びや支払い方に戸惑っても、電車の乗り方がわからなくても、その土地の常識とは違うことをしても、外国人だから、という理由で誰も大きくは受け止めない。

日本では、わたしがちゃんと生きているか見張られている気さえする。もちろん実際に見張られているわけではないのはわかっている。でも、そのありもしない視線を気にしてしまい、小さな罪悪感が積み重なって身体の中に溜まっていたのが、異国の土地では解放されていくのかもしれない。

バリ島を訪れるのは、ちょうど十年ぶり。十年前、大学の卒業旅行として、学生時代を一緒に過ごした栄子と千春と一緒にバリ島に来たことがある。

栄子はできる女性の典型のような人で、大学での成績も飛び抜けていたうえに、そのままみんなの期待を裏切らず、世界的に有名な外資系の会社に就職し、バリバリのキャリアウーマンになった。出張で世界を渡り歩く華やかな生活をしていて、いつもどこにいるのかわからないような感じなのであまり連絡はとらないけど、最近結婚もしてこどもも産んで、とても充実している様子がＳＮＳから伝わってくる。彼女は決してできる女性を演じていたのではなく、ほんとうにできる女性だったし、そんな自分を愛してやまないようだった。

わたしは、例えば彼女が世界的に有名な大企業で働いているということを羨《うらや》ましく思ったことはないのだけど、その迷いのなさ、揺るぎなさ、自分への信頼、未来をまっすぐ見つめる目にいつも嫉妬していた。でもどこかで、自分は栄子のようなキャリアウーマンにはなれない、ということがわかっていたように思う。

千春は、謙虚で真面目な日本人のイメージをそのまま生きているようなおとなしめの性格だけど芯は強く、自分のやりたいことは昔から内側にしっかりと持っていた。そして、それを実現させてしまう能力も持っているどころかコツコツと努力も惜しまない人で、自分の目標のためには、都会の学生だったら誰もが流されそうな遊びは、彼女にとってどうでもいいことのようだった。

彼女を前にすると、自分の能力のなさやいい加減さや周囲に流される弱さを嫌でも再認識することになってしまい、少々居心地の悪い思いをすることもあった。

大学を卒業後は、やりたかった製薬会社での開発の仕事に就いて研究に勤《いそ》しみながらも社内結婚し、さらには三人の子持ちになった。母親でもあり立派な社会人でもあり、経済的にも申し分ない暮らしという、能力と努力で得られるものはすべて手に入れて、堅実な女性を絵に描いたような生活をおくっていた。

ふたりのタイプは全く違うけれど、ふたりとも、世の中の女性が欲しくてたまらない幸せを全部手に入れているようにわたしからは見える。

わたしはといえば、新卒でなんとか旧財閥系の鉄鋼商社に滑り込み、もう十年もそこで働いている。旧財閥系の商社にわたしが入社したことを、両親はとても喜んだ。そして、わたし自身もそのことにとても安堵《あんど》した。総合商社から鉄鋼部門が独立した形でつくられた会社で、会社名にこそその旧財閥の名前は入っていなかったが、世間的には、「いい会社」として認められている。

でも、「いい会社」というのが何なのか、誰も知らない。そして、そこでわたしがどんな仕事をしているのかも詳しくは知らない。なのにそこにいるだけで、家族も親戚も友人も、「由布子《ゆうこ》ちゃんはまっとうに働いている」と思ってくれるから不思議だ。

あの時は、まだ何も疑っていなかった。いい会社に入って、ちゃんと仕事をして、そして、三十くらいになったら結婚もしてこどもも産んで……。

そんな平凡だけど幸せな人生を思い描いていた。わたしは、疑いなくまっすぐな思いがあれば、人生はその思い通りに進んで行くということを小さい頃から知っていたように思う。

でも、会社に入って三年もしないうちに、そのまっすぐな思いを抱けなくなっていた。まずは何のために仕事をしているのかがよくわからなくなってきたし、十年経った今では、結婚や家庭への期待や夢も、あの頃と違って捻《ね》じ曲がってきて、人生そのものの先行きが見えなくなった。

仕事は営業と言えば格好がつくが、製鉄会社とお客さんの間のご機嫌取りのようなものので、どこを向いて仕事をしているのかわからなくなることがよくある。総合職で就職したものの、仕事そのものに情熱を感じたことはなく、会社に身を捧げる気もなく、昇進にもあまり興味が持てず、キャリアウーマンにはどうしてもなりきれなかった。

わたしはいろんなことが器用にできたけれど、そのどれにも、「自分の仕事だ」と、胸をはれるものがなかった。

それでも働かなければ収入はないから会社で働けることはありがたかったし、都会の生活はそれなりに楽しいこともたくさんあった。流されるまま、求められるままに仕事をこなし、周りからは仕事に生きている人のように思われていたけど、何のために働いているのかは、今でもよくわからない。

自分のためなのか、会社のためなのか、上司のためなのか、取引先のためなのか、お金のためなのか。はたまた親を安心させるためなのか、とりあえずちゃんとした会社で働いていれば、人生を間違った方向ではなく消費していると自分が思えるからなのか……。

結局、わたしのように才能も能力も容姿も特に突出したところのない平凡な人間は、いろんな疑問を持っていたとしても、どこか会社の中に居場所を見つけてそこでなんとかやっていくのが人生かもしれない、と思い始めていた。

その間にいくつか恋愛もして、甘い思いも、痛い思いも、それなりに経験したけど、結婚に至ることはなかった。一度うまくいかなくなったり、どうしても嫌だったり許せないようなことが起こると、そこから修復しようとか、それでも関係を続けようとかいう気力が湧いたことがない。

つい二ヶ月ほど前にも、三年ほど付き合った二歳年上の彼と別れたばかりだった。彼の名前は徹といった。三年も付き合うと、最初の頃の熱量がお互いになくなってしまうのは仕方ないとしても、もう普通に優しくすることもできなくなっていた。そして、それは最初からなのか、月日が経ったからそう思うのかはわからなかったが、どうしてもこの人と生きていきたい、この人でないといけないという思いが湧いてこなかったのだ。それでもなんとなく、好きか嫌いかと言われれば好きだったし、別れる理由もなかったから付き合っていた。

そんな折、「他に好きな人ができた」と言われてあっさり関係は終わった。その時は当たり前にあるものを失った喪失感や、すでに三十歳を超えた女性だったら誰もが抱くだろう、これからわたしは結婚できるのだろうかというような不安に襲われて悶々とした日々を過ごしたけれど、その波が過ぎ去って残ったのは、この別れは心のどこかでわたしが望んでいたことかもしれない、という思いだった。

それは決して強がりではなく、ただこの一件で自分の心をもっと見つめる機会になったという穏やかなものであった。

結婚しないならば、男女の間の愛って何のためにあるのかも、よくわからない。気持ちが盛り上がるのは、いつだってそれほど長くはない時間だけだ。そして、それが終わったら、あれはなんだったのだろうという気持ちになって、それは気の迷いでありほんとうのことではなかったとさえ思うようになる。

わたしにはちょっと情が欠けているのかもしれないし、もしかすると、これまで恋愛らしきものをしてきただけで、この歳になってもほんとうに人を好きになったことなどないのかもしれない。

どうやったらみんなこの人と結婚するって決められる瞬間や理由があるのか、不思議でしょうがない。

縁があったらそうなるのかしら？　そして、縁ってなんだろう？　たぶんわたしはまだ、結婚までするような縁のある人に出会っていないだけだと思うようにしている。

父親も母親も、わたしに結婚してほしいと思ってはいるだろうけど、それなりの会社で頑張っていればそれほどうるさく言ってくることはなかったし、友達には仕事が面白くて好きなの、と言っておけば、それ以上深入りしたりお節介を焼いてくることは東京ではあまりなかった。みんな結局、自分のことに一番興味があるし、自分のことで精いっぱいなのだ。

そうやってなんとかわたしは、人生をちゃんと生きているフリをしているのだった。

十年前ここへ一緒に来た仲間とは、同じ大学を卒業し、これから社会に出ようと同じスタートラインに立っていたはずなのに、わたしには思い入れもなく淡々とこなすだけの仕事しかなくて、彼女たちにはすべてがあるように思える。

わたしはいつも何かが足りない、と感じていた。自分の人生についてでさえも、わからないことだらけだった。間違えて行き先の違う電車に乗ってしまって、わたしの人生のレールはどこか別のところに延びているように思えた。

ただやりたいと思うことを素直にできなくなったのはいつ頃だろう

空港には、予約したホテルのスタッフが、「谷口由布子様」と漢字で書かれたボードを持って迎えに来てくれていた。いかにも南国の人、といった浅黒い肌だったが、顔立ちは外国人という感じはあまりしなくて、色の黒い日本人だと言われてもわからないような印象だった。スラッと背が高くて綺麗《きれい》な白い歯をした好青年だった。

白いサテン地に薄い茶色で縁取りされたスカートみたいな腰巻きと、学生服のようなスタンドカラーのベージュの清潔な上着、飛ぶ鳥のような形をした頭の被り物をつけたその姿は、バリの正装を模したホテルの制服なのだろう。

その姿からは、仕事中だというきびきびとした感じが伝わってきて心地よかった。

それは、わたしが仕事に対して持っている姿勢とあきらかに違うものを彼が持っていることを示していた。おそらくバリ島の平均よりはかなり高いお給料をもらっているのだろう。そのことに対する誇りや、自分に対する価値をちゃんと自分で認識しているようだ。

わたしはその姿に眩《まぶ》しさと、軽い嫉妬を覚える。

「はじめまして、わたしの名前はアグンです。バリは初めてですか？」

わたしよりは少し若いであろうその青年の礼儀正しい態度と綺麗な日本語に、海外に来たという緊張が少しほぐれる。

「バリ島は二回目なんです。空港があまりにも変わっていてびっくりしました」

「そうですよね、地元の人もびっくりしているんですよ。車を呼んできますので、ここで待っていてください」

と言って、アグンは携帯電話を取り出し運転手と連絡をとり始めた。

ホテルは大奮発して、ウブドに新しくできたという高級ホテルを予約した。

この歳になるまで真面目に働いてきて、多少の貯金はある。これも、なんのために貯金しているのか自分でもよくわからないけれど、年々増え続けている。でもこんな時、安宿ですませるのではなくて、自分のためにいいホテルを予約するというくらいには、お金の使い方も覚えたつもりだった。お金がもたらしてくれる豊かさや癒しもたしかにあるのだから。

迎えに来てくれたガイドさんの、爽やかできっちりとした、そして優雅ともいえる立ち居振る舞いも、このホテルを予約し、それなりの料金を支払ったからこそ感じられるものだ。


「日本語がほんとうに上手ですね」

と言うと、

「前世が日本人だったんですよ」

アグンは敬語を崩すことなく、でも、親しみを込めた笑顔でそう言った。

言い方は少し冗談ぽく、こちらが前世のような誰にも証明できない話を信じるかどうかを確認するような口調だったが、彼のほうは間違いなく本気でそう思っていることが伝わってきた。

「前世？」

前世なんて意識したことがなかったので、その聞き慣れない言葉に少し面食らう。でも、この土地で、バリの正装をきちんとした人が「前世が」と言い始めると、もしかしたらそういうのもあるのかもしれないな、と少しだけど思えるから不思議だ。

「最初は日本語ができれば仕事に困らないだろうと思って、勉強を始めたんです。その時、フランス語も一緒に勉強し始めたんですが、フランス語は今でもほんの少ししかできないんですよ。でも、日本語はあっという間にできるようになって、今では漢字もかなりわかるようになりました」

そして、アグンは少し遠い目をした。説明ができないけれど、確信があるという眼差し。

「語学が得意でもないし、日本に行ったこともありません。でも日本語は前から知っていたとしか思えないスピードで話せるようになったんですよ。あの時のことは、今でもよく覚えています」

その感覚は、少しわかる気がした。わたしも小さい頃、そんなに教えてもらわなくても、手芸や編み物ができたりしたっけ。小学生や中学生の頃、買ってもらうものは、手芸の本か材料ばかりだった。高校生になってから、初めて買ってもらったミシンで当時流行《はや》っていたテディベアの布で小さな鞄を作り、それを使っていたら学校でちょっとした評判になって、「わたしも欲しい！」とたくさんの友達にお願いされて、毎日夜更かししてまでたくさん作っていたことを思い出した。

三人姉妹の一番上だったわたしは、めったに両親に高いものをねだったりした覚えがないのだけど、この時は、「ミシンが欲しい」と言うとあっさりと買ってくれてびっくりしたのを今でもはっきりと覚えている。そのうちに鞄などの小物だけにとどまらず、服まで作っていた記憶もある。

あの時のミシンは、大学で一人暮らしする時にも実家から持ってきて使っていたが、いつの間にか、収納棚にしまったまま出す機会が減っていった。社会人になってからは、親戚のこどもへのプレゼントにワンピースを作った以外は、ほとんど手をつけていないように思う。

ただやりたいと思うことを素直に行動にうつせなくなったのはいつ頃からだろう。時間だったり、お金だったり、周囲の人にどう思われるかだったり、いろんな理由をつけては、だんだんとその機会は減っていった。

こどもの頃は一緒だった心と頭と身体が、今は、別々に動いているように思う。

迷いがないというのは、幸せにとても似ている。そして、迷いはとても不幸に似ている

アグンの日本語は、以前バリに来た時にビーチで声をかけてきた怪しいカタコトの日本語を話す男の子たちのそれとは全く質が違った。もちろん、そのビーチの男の子たちだって、何年も英語を学習しても、外国人とまともな会話ができない日本人がほとんどだということを考えれば、学校で全く習わなくても現場実習のような形だけでコミュニケーションが取れてそれが仕事にまでなってしまうということはすごいことだ。

でもそれは、それに彼らの生活がかかっているからこその成果であって、彼らの深いところがそうさせているのではないような気がした。そして彼らの日本語は、彼らに収入をもたらしてくれるレベルまで達したところで止まっているのではないかと思う。

人には、最初から授かっている能力もあれば、どんなに頑張ってもできないことがあるんだと思う。最初から授かっている能力を努力して伸ばせば、アグンのように日本に行ったことがなくても日本語が話せてしまう奇跡みたいなことが起こるのだろうか？

アグンは、その能力をちゃんと磨いて発揮しているからか、内側から輝きを放つような独特のエネルギーを発していると思った。そして、日本語を話している彼はとても自然体で無理が一切ないようだった。

「誰にでも、その人が持っている能力ってあるんですよ。だから、それをちゃんと使えばいいだけなんだと思います」

わたしの考えていることが透けて見えたかのように、アグンが言った。

そう言われればそうなのかもしれない。でもたぶん、親のためとか世間体とかお金のためとかいろんな理由があって、そもそもの自分の持っているものとは違うことを毎日やっているという人がほとんどだろう。あるいはわたしみたいに、自分の持っているものが何かも知らないままに歳だけを重ねているか。

それでもみんな一生懸命生きているんだけど、どうしたら幸せになれるのか、わたしも含めてみんながわからなくなってしまっている。

20

それを不幸というのかもしれない。

バリ島に到着してから、お迎えの車が来るまでのほんの短い時間に、「人生について」「幸せについて」みたいな、大きなことがどんどん頭に浮かんできた。

日本で毎日忙しく働いて、都会の喧騒の中に身を置いていると、こんなことをじっくり考えようという気さえ起きなかったということに気づく。

もしかすると、それを考え始めたらいけない、と思っていたのかもしれない。考え始めたら、いわゆる世間で、「こう生きるべき」と暗黙のうちに敷かれているルールにわたしはかろうじて乗っているのに、そこから外れてしまうんじゃないかという怖さがあって、それを考えないようにしていたんだと思う。

ほんとうは、一番に考えるべきことなのに。

「ここでは、バリ人はバリ人にしか生まれ変わらないとみんな信じているから、友達や家族にはこんなこと言えないけどね」

ちょっと言葉を崩してにこっと笑ったのは、わたしがなんとなくではあるけれど、彼の言っていることがわかったことが伝わったからだろう。

彼は、バリ島に生まれたけれど、自分自身の居場所がここだけには収まらないような窮屈さを感じているのかもしれなかった。あと少ししたら、この人はバリ島から出るんだろうな、と理由もなくふと思った。

車がやってきたので、それに乗り込む。

彼は、それが仕事でもあるからだろうけど、車に乗ってからも話を続ける。

「どうしてひとりでバリに来たんですか？」

日本だったら、初対面ではなかなか聞けそうもないことを、何でもないように聞いてくる。

答えに詰まっていると察してくれたのか、

「ごめんなさい、このホテルにひとりで泊まる若い女性は少ないから」

と、少し申し訳なさそうに言った。

日本では、自分が若いと思える機会というのもあまりなかったけど（とはいえ、もう若くないと卑屈になっていたわけではなかったけれど）、欧米人などに比べると日本人は若く見えるのだろう。

アグンがいくらバリで最高級クラスのホテルの従業員だとはいっても、おそらく、このホテルの一泊分くらいが彼の月収と同じくらいなのだろうと思う。そして、恋人や家族と楽しくて美しい時間を過ごすならともかく、ひとりで滞在するのにこのホテルを選び、これだけの料金を支払う人がどんな仕事をして、どんな生活をしているのかというのは、彼の興味と想像を掻き立てるのだろう。

わたしはただ、日本で普通に働いて、平均よりほんのちょっといいだけの給料をもらっていて、結婚もしていないし子供もいないから使いきれなくて貯まったお金を使っているだけのどちらかというと平凡な会社員なので、ミステリアスな部分も、興味を引くようなストーリーもなくて逆に申し訳なく感じる。

「日本で、仕事でとても嫌なことがあって、気晴らしをしようと思い立ってバリに来たのよ。友達はみんな仕事を急に休めなかったから、ひとりで来るしかなくて」

「結婚していないんですか?」

「していないわ」

これも、日本だったらとてもデリケートな部類の質問だけど、彼が他意なく、ただ聞きたいだけ、知りたいだけ、という思いで質問しているのがわかるからか、こちらも変に曲がった受け止め方をせず、事実をストレートに答えることができる。

「バリ人は、みんな早く結婚したがるよ。バリ人にとっては、毎日のお祈りや、毎週のようにあるお祭りをきちんと続けていくことが何よりも大事なんだ。お供え物や飾り物を作ったりする準備だけで、ものすごく忙しいし大変なんだよ。時には大勢の人にご飯を振る舞ったりすることもあるしね。それを続けていくには、家族が必要だから、みんな早く結婚して、こどもを欲しがるんだ」

生まれ落ちるところによって、人の考え方も生き方も全く違うものになる。生まれて五、六年もしたら学校へ入れられるのはここも日本も同じかもしれないけれど、どの時点で、人が乗る人生のレールは決まってくるのだろう？　何のために生きるのか、何を大事にして生きるのかがその人の中ででき上がっていくのは、いつ、どういう経路なのだろう？

「そうしないと、神様が怒ってよくないことが起こるとみんな思っているんだよ。僕は、そこまでしなくても、神様はいつだってずっと僕たちを見ていてくれるし、いろんなメッセージをくれていると思うけれど。みんな、神様が怖いんだ。神様が人を怖がらせるはずはないのに。怖がらせるようなものだったら、それは神様じゃないだろう？　でも、村では絶対こんなこと言えないよ。だから、僕は自分の村にいるよりも、ここで働いているほうが好きなんだ。こんな話ができるのは、外国人にだけだよ。バリの人に言ったら怒られちゃうから」

アグンは、バリの人たちが神様やお祭りのために生きるのをあまり気に入っていないようだったが、わたしは、人生に明確な目的を持つことのできているバリの人々を羨ましく思った。そのためにたくさんやることがあって忙しいならなおさらだ。

迷いがないというのは、幸せとは違うかもしれないけど、幸せにとても似ている状態だと思う。そして、迷いはとても不幸に似ている。

わたしはもしかしたら、「そこそこいい会社に入ってそこそこいい暮らしをして無難に生きるため」に生きてきたのかなあ。それが目的だとしたら、ちょっと気分が落ちるけれど、でも、わたしはこう生きたい、こう生きよう、なんて大志とも言えるようなものを抱いたこともないことに気づいた。

そしてもし、わたしが「そこそこいい会社に入ってそこそこいい暮らしをして無難に生きる」ことを無意識にでも人生の目標にしていたのなら、その願いは無事に叶い、無難な暮らしは手に入っているような気がするけれど、わたしは幸せではないし、この歳になっても迷ってばかりいる。

僕は、僕以外のものにはなれないから

「嫌なことって何があったんですか？」

もう、この人に何かを隠そうという気もなくなってきた。というよりは、もうわたしは聞いてもらいたくなっていたのかもしれない。

「会社に就職してからずっと頑張って働いてきたけど、その部署ではもうわたしは要らないって言われちゃって、違う部署へ行くことになったのよ」

それは、ありふれたどこにでもある話かもしれないけれど、そして、もちろんもっと大変な思いをしている人はたくさんいて、こんなことはほんとうに些細な出来事かもしれなかったけれど、わたしにとっては一大事件だった。しかもそれは、徹にフラれたのと時期を同じくして起こったのだった。あの時のわたしはボロボロと言っていい状態だった。

それなりの会社で花形の部署である営業部で働いている、それだけが、わたしの人生の拠《よ》り所だったのだから。情熱はそれほどなかったとはいえ、やるべき仕事はこなしてきたし、会社の役には立てていると思っていたのだけど、左遷に近い形で総務部へと異動を告げられたのだ。

「四月から総務部へ異動してもらおうと思っているんだが、どうかな?」

直属の上司である中林課長は淡々とそう言った。

それは、相談の形をとっていても、もう決定事項だ。そこにわたしの意思が入る余地はない。そうやって異動していく同僚たちをこれまで何人も見たが、自分の身に降りかかるとは、あの一件が起こるまでは全く予想していなかった。

いや、どこかでこうなる予感はもっとずっと前からしていたのかもしれない。それは、そうなったら困るけれど、同時にどこかで喜ぶ自分がいるというような、期待とも言えるようなちょっと複雑なものだった。

わたしは営業部にいながらも、数字を上げるということにどうしても興味が持てなかった。心身を削って日々動き回って、会社の利益を上げて上げ続けて、その数字やお金は結局どこに行くのだろう? みんなどうして何の疑問も持たずに、会社の利益のために働けるのだろう？　どうして利益をたくさん出す人が会社ではできる人とされているのだろう？　そんな疑問ばかりだった。

考えてもどうしてもわからなかったが、それは、同じ会社で働く人には聞いてはいけないことのような気がしていた。たぶん、話したとしても、売り上げを上げることに興味が持てないということの意味がわかってもらえなかっただろう。だって、会社にいる以上、会社の利益を上げるために働くのは当たり前のことなのだから。

同じようにこれまで営業部隊として働いてきた男性たちは、日々、自分と上司と会社と取引先の間で翻弄されながらも、疑いなくまっすぐに前を向いて頑張っているようだった。そこには、守るべき家族のためだったり、出世のためだったり、そういう自分の中での確固たる頑張る理由があるのだろう。

わたしにはそんな理由もなく、疑いばかりの状態で働いていたからだろう。ある日、お客様の使用量を一ケタ間違えるという、とんでもない発注ミスをして、それは会社中に響き渡るほどの大問題となった。結局、わたしと上司で各方面を走り回って調整して、なんとか大きな損害を出すことなく事態は収まったのだけれど、今回の異動は、それが原因以外には考えられない。

「谷口さんは営業部には要らないわ」

と、先輩である高岡さんから面と向かって言われたこともあった。高岡さんはわたしにとって最初から苦手な人で、好かれようとは思っていなかったものの、さすがにそこまではっきりと言われた時のショックと動揺は隠せなかった。

そんなわたしにも、数日とはいえ異動休暇が与えられることになったのだから、制度だけ見れば、ほんとうに恵まれた会社だと思う。


「僕たちも同じように、仕事で嫌なことがある時もあります。でもほとんどのバリ人は、海外に気晴らしに行くなんてできないですよ。航空券は、僕たちの給料の何ヶ月分もするし、外国は何でも高いですから。日本人はほんとうに恵まれていますね。僕からみると、日本は安全で清潔で、みんなが豊かで自由で天国のようなところに思えるけど、もう何度も、日本での生活が大変だから息抜きにバリに来たという人に出会いましたよ。そしてみんな言うんだ。『バリ島は天国だ』と」

わたしもそんな典型的な日本人のひとりなんだと思う。

アグンは日本のことをよく知っていて、日本人がどんな仕事をすればどのくらいのお給料をもらえるかということも知っているのだろう。同じような人が同じような仕事をしても、もらえるお金の量が違うということを、生まれ落ちた場所が違うから仕方がないと受け入れられるものなのだろうか？

「たしかに、日本人はバリの人よりお金を稼ぐのが簡単かもしれないわ。でも日本ではみんな、お金のためにやりたくないことを我慢してやっていたり、自分以外の人のことを気にしすぎて疲れちゃっているのよ。でもバリに旅行に来れば、美しい景色に癒されるし、周りは知らない人ばかりだからその我慢から解放されるの」

「バリも狭い村社会だから、四六時中、人の噂話ばかりしているよ。みんな、他人がどうするべきかという意見は強く持っているし、その話題で何時間でもしゃべり続けられるのに、自分はどうするべきかを真剣に考えることはしないし、知らないみたいなんだ」

「ほんとうにその通りね。日本も全く同じだし、わたしも自分がどうしたいのか、どうするべきなのか、よくわからないわ」

「お金のためにやりたくないことをやるのは、バリでも同じですよ。でも、どうしてみんな、やりたくないことをやるんだろう？　魂がやりたいと言っていることをする以外に、人生で大事なことなんてないのに」

　魂がやりたいこと、というその言葉にハッとする。その言葉にどうしようもない憧れを感じている自分と、そんなことで生きていけたら苦労しないわ、と掻き消そうとする自分と、両方がわたしの中にいる。

「学校へ行っている時からずっと、自分がほんとうにやりたいことをやってきた人なんてごく少数なんじゃないかしら。社会人になってからは、収入を得なければいけないから、なおさらそうよ」

やりたいことをやって生きることができたらいいというのが本音なのに、それを掻き消そうとする自分が勝って、そんな風に言ってしまった。

「結局、日本でもバリでもそんなに変わらないんだと思いますよ。だとしたら、こうやって自由に旅行できる日本人が、やっぱり少し羨ましいな。でもたぶん、僕は自分で選んでバリに生まれてきたんだ。だから日本人になりたいとは思わないよ。だって、僕は、僕以外のものにはなれないからね。でもいつか、日本に行ってみたいとは思ってるんです。僕が日本語ができるようになったのも、何か意味のあることだと思うから」

僕は、僕以外のものにはなれない、という言葉がわたしの胸の中に入ってきて、染み渡った。

そして、アグンは重ねるように言う。

「自分以外のものになるなんて不可能だよ。僕はどこまでいっても今世ではバリ人なんだ。生まれた場所を変えることも、親を変えることも、持って生まれた姿や資質を変えることもできない。変えることのできるものは変えたらいいと思う。でも、どんなに頑張っても変えられないものがあるよ。それを変えようとすることほど、無駄なことなんてないと思うんだ」

アグンは、何かわたしの知らない大切なことを知っている、そしてそれは、ほんとうのことである、そんな直感がその時わたしの中で湧き上がった。

わたしの願いは、
ちゃんと叶っていたのだった

少しの沈黙のあと、アグンはさらに続ける。

「異動になったのは、由布子さんが、もうそれまでの仕事が嫌になっていたからではないですか？」

そんな風には考えたことがなかったが、そう言われてみればたしかにそうかもしれない。

仕事にも、会社にも、上司にも、もううんざりしていた。漫画やドラマでは、職場で熱血上司に出会って心が繋《つな》がって人生が変わる、なんてこともよくあるけれど、わたしにはたまたま入ることのできた会社にいた頭の固い上司、とか、それほど気の合わない同僚、みたいな出会いがほとんどだった。仕事だから仕方なく関わっているというような人間関係が大半で、プライベートでも付き合いたいと思える人はほとんどいなかったのだ。

でも、営業部にいれば、わたしはちゃんと仕事をしている人に見えるし、自分でも世間なみにちゃんと生きていると思えたのだ。

そうやって、それほど悪くない人生よね、というところで自分を騙し騙し生きてきたのだ。

でもその最後の砦さえも、わたしは失おうとしていた。

「ちゃんと願いが叶ったんですね。願いも叶ったし、仕事を失ったわけでもないし、バリ島にも来られて最高じゃないですか。物事は、自分次第でどういう風にも受け取ることができますからね。そう考えたほうが、気分が良くなるでしょう?」

アグンと話していると、少し調子が狂う。でも全く不快ではない。不快ではないどころか、たしかにその通りだし、それが本質なんだと思えてくることばかりだ。

部署異動を告げられてから、何人かの友人にこの話をしたが、わたしは会社や上司から、いかにひどい扱いを受けたか、という話しかしなかったし、友人はみんな「ひどい、可哀想」と一緒になって、会社や上司を非難してくれた。

そうやって友人たちに愚痴を撒き散らしていれば、何も解決はしなくても、一瞬だけかもしれないけど気が晴れたし、それは自分のせいではないと思えて、気がラクだった。そう、何が起こってもそれは別に自分が悪いからではなく、会社や上司のせいだったのだ。そして、上司もまた、そのまた上司の言う通りにしただけか、会議でそう決まったことを、会社としてそう決まったこととしてわたしに伝えているだけなのも知っているけれど。

結局、誰がわたしの異動を望んだのか、誰の意思なのか、誰が決めたのかは、大きな会社ではわからないようになっている。でも会社としてそうなった、ということで、わたしの運命が決まってしまう。会社とか組織というのは実体があるようでいて、どこからどこまでが会社なのかわからない。

好きでもなく、情熱を感じていたわけでもない仕事がなくなった。それは、自分の願いが叶った喜ばしいことのはず。でもそうなったとたん、自分には何の価値もないように感じ、世界のどこにも自分の居場所がないような気がするのは、冷静に考えてみると不思議だ。

「由布子さん、その仕事、やりたくてやってたわけじゃないんでしょう？」

「やりたいかと言われたら、よくわからないわ。仕事だからやっていたのよ」

「自分の魂に定められた道以外のことをやっていると、そうやって邪魔が入るようになっているんですよ。変わらなければいけない時、神様は、ちゃんと変化を与えてくれるんだよ」

やりたくてやっていたわけではない、それに間違いはなかった。でも、魂の道とかそんなことは考えたことがなかったし、神様が変化を与えてくれるなんてそんなことがあるのだろうか？

「すべては、願い通りになっているんだよ。ほんとうに魂が望んでいることは叶うようにこの世界はできているし、魂の道に導いてくれるサインはいっぱいあるんだ」

たしかにわたしは、もうこの仕事をやりたくないと思っていた。そして、営業部から抜けられることに、心のどこかでほっとしている自分を発見していた。

「うまくいかないのは、自分の魂が描く運命にあるもの以外を欲しがるからだよ。でももし、自分の運命に流れてくるものを読み取ってそれをキャッチするように生きていたら、ちゃんと自分の道に運んでくれるんだ」

「わたしの魂の道にあるものはなんなのかしら？」

「それは、自分で見つけるしかないんだ。でも、これだけは言っておくよ。ただ安定したいとか、ラクしたいとか、人にどう思われるかが最初に来るうちは、魂の望みにはたどり着けないよ。先が見えなくても、大変でも、人にどう思われようとも、自分の魂が求めることの中にそれはあるんだからね。由布子さんの心はちゃんとそれを知っているよ。みんなちゃんとそれを持って生まれてきているんだから」

この約一時間でわたしの耳に入ってきたのは、これまでわたしの周りで交わされている種類のものと全く違った会話だった。

普段、わたしの周りの人たちが話すのは、あの人が今こんな仕事をしていてこんな調子だとか、あの上司は先行きが怪しそうだとか、あの会社の給料や待遇はこんなだとか、どのレストランが美味《おい》しかったとか、彼氏とうまくいかないだとか、そんな話ばかりで、魂とか運命とかについて話したい人はあまりいないようだった。

東京からここまで、飛行機に乗って七時間ほど移動しただけで、ここだって同じ地球上のはずだし、外国人とはいえアグンのしゃべっているのは日本語なのに、全く別の世界に紛れ込んでしまったように感じた。

　不思議の国に迷い込んだアリスはこんな気持ちだったのかしら？


　ホテルまではあと二十分ほどということだった。

　アグンがしゃべらなくなったので、わたしは窓の外をボーッと眺めていた。田んぼや民家や、小さなローカル向けのレストランとそこで食事をとる人たち、スパらしきお店の前でお客さんを待ってたむろする従業員たち。バリ島の日常であろう景色が目の前を次々に流れていく。

　もう夕方に近い時間だというのに、バリの空は、日本とは同じと思えないほど青色が濃く奥行きを持っているように感じられた。東京でも青空の日はあったはずだが、今はどんよりとした曇り空の東京しか思い出せない。

　バリに来たからといって、日本での状況は全く変わっていないけれど、でもここにいると、そんなことを考えたって仕方がないと思えた。目の前にある世界だけが、わたしにとって音と色と光と匂いを持った、意味のある世界だという風に感じた。

わたしが意識を向けなければ、それはないのと同じことになってしまう

ホテルに到着すると、アグンと同じ服を着た、アグンよりは少し歳上の男の人が迎えてくれた。

ホテルのロビーに一歩足を踏み入れたとたんに、明らかに空気が変わったのを感じた。神社の鳥居をくぐった時にも同じように感じることがある。神社は、ヒヤリとして背筋がぴんと伸びるような空気を感じることが多いけれど、ここは、空気が柔らかく、そして暖色系の色がごく薄くついているかのように感じられる。さらには、香りまでついている。

気のせいでなく、ほんとうによい香りがするのだった。

ゲストを迎えるためのホテルのおもてなしの演出として、香りをつけているのか、それともこの場所が自然とそうなっているんだろうか？　わからないけれど、壁もないこ

の大きな空間をいつもこの香りで満たすのは、人間の思惑や力では無理なような気がした。

チェックインを終え、部屋に案内された。部屋は全体的に焦げ茶色をした重厚な木の空間で、アジア風の豪華さとでも言うのだろうか、決して華美な装飾がしてあるわけではないのだけれど、手もお金もかけられていると思った。

壁には、これ以上この場所にぴったりくるものはないと思えるような、バリの人々の生活を描いた絵画が掛かっており、部屋のあちこちには焦げ茶色を基調とした調度品の数々が、この部屋が造られる前からそこに鎮座することが決まっていたかのように置かれていた。新しいホテルのはずだけれど、新しさの中にすでに貫禄があるという、とても不思議な空間だった。

ひとりには広すぎる部屋で少し落ち着かなさを感じたけれど、ソファに身体を沈めたら、少しこの空間に心も身体も馴染んできて心地よくなってきた。

テーブルには、ウェルカムフルーツとして、マンゴスチンとバナナとリンゴと、名前はわからないけど栗のような形をした茶色い皮に包まれた果物が置いてあった。あとから聞いたのだけど、スネークスキンという名前のフルーツだそうだ。

マンゴスチンは、前回バリに来た時に初めて食べてから大好きになったけれど、日本では一部の高級スーパーやデパート以外ではなかなかお目にかかることもできないので、ここに置いてあったのはとても嬉《うれ》しかった。

ひとつ手に取り、赤紫色の硬い皮に爪を立てて剝いて、その白い柔らかい実をひとつ口に運ぶ。甘酸っぱさが口の中にひろがって、わたしはそれをじわりと感じた。美味しいものを食べた時に起こる口の中が痺れるような感覚が数秒続く。

これを豊かさというのかもしれない、と取りとめもなく思う。

フルーツをゆっくりと味わうという何でもないようなことを、わたしはここ何年もしていなかったように思う。もちろん、フルーツを食べる機会は数え切れないほどあったはずなのだけど、何を食べてきたのか、どんな味だったのか、その時どう感じたのか、全く覚えていなかった。

テーブルに盛られたフルーツは、ひとりで食べ切るのは難しいほどの量だったけど、全部味わいたいとそう思った。食べ切れなかったものが明日のハウスキーピングで片付けてしまわれないように、「このフルーツは片付けないで」と英語でメモを残しておいた。

このホテルは、去年のゴールデンウィークにここに泊まった会社の先輩に教えてもらったものだ。一応世間では一流企業とみられている会社で働いている同僚や先輩たちは、休暇の過ごし方にもこだわりを持っていた。雑誌に載っていたところに泊まったと嬉しそうに語っていたけれど、どうみても雑誌の影響で行っただけで、このホテルが似合うようなタイプの先輩ではない。

自分がほんとうにこのホテルに泊まりたくてそうしたのか、それともこんなホテルを選んで泊まることができる自分を演出するためにやっているのかしら？　なんてその時はちょっと意地悪なことを考えながら聞いていたのだけれど、その先輩がこのホテルの話をしてくれたことに、今は感謝していた。

少し落ち着いてからシャワーを浴び、ゆっくり湯船に浸かりながら、アグンとの会話を思い出していた。

お風呂だけで東京の自分の部屋くらいの広さがある贅沢なバスタイムだった。うまくいかない現実を忘れようと、そして、自分の心の底を見ないですむように、忘れられるように、とバリ島にやってきたけど、空港からホテルの間までという限られた時間で、ものすごい力で自分の心に向き合わされたような気がする。

「すべては、願い通りになっているんだよ」

というアグンの言葉を思い出す。

たしかに、わたしはずっと、わたしの人生これでいいのかという問いに対する答えかヒントが欲しかったし、もっとわたしのことが知りたいと望んでいた。

その思いが、先輩にこのホテルのことを語らせ、わたしにここに行ってみたいと思わせ、そして、お迎えにアグンを配置して出会わせたのかもしれなかった。

今までそんな風に、なにか大きな見えない力が働いているなんていうことを考えたことはなかったけれど、わたしの頭の中に浮かんできたその考えは「ほんとうのこと」だよ、と、どこかで知っているもうひとりの自分がいた。

そんなことを考えながら、お風呂から上がり、わたしは眠りに落ちていった。


朝起きると、ほんの数秒、自分がどこにいるのかわからなかった。飛行機で移動するとよくあることだ。

時差は一時間しかないので、時差ボケにもならず、昨日はよく眠れた。

昨日チェックインした時はもうあたりが薄暗くてよくわからなかったが、ベッドから起き上がって部屋を見渡すと、テーブルの向こう側は、床から天井まで一面木枠とガラスの窓になっていて、そこから見える緑一色の景色は嘘のように美しかった。周囲からは鳥の声と、川の流れる音しか聞こえてこなかった。

わたしの身体も心も頭も全部がその緑の景色の美しさと自然の音を感じるのにいっぱいになり、その数秒の間、我を忘れてほんとうに何もしていない、何も考えていない状態というのが自然とでき上がった。その時、わたしの身体が周りの空気に溶け込んだような気がした。

ゆっくりと着替えて少し化粧をしてから朝食が提供されるレストランへ行ってみると、それほどは大きくないオープンエアの場所に、十組くらいのカップルや家族連れがいた。アグンが言っていたように、女性ひとりでここに泊まっている人はいないようだった。

ホテルは、川沿いの少し窪んだ地形に建っていて、見渡せばすぐそこに山が迫っており、外の世界とは切り離された、何かに守られているような土地だと感じた。ロビーに入った瞬間から、空気が変わったのを感じたけれど、ここはやはり何か不思議なエネルギーを持っているのかもしれない。

レストランの向こう側には田んぼがあり、稲が青々と育っていた。そこに朝の少し湿った空気がかぶさって、稲についた小さなみずみずしい露までが見えるようだった。実際には、遠すぎて見えないのだけれど。

朝食には、サーモンのエッグベネディクトとサラダとフルーツジュースを選んだ。いつもはコーヒーを頼むのだが、何故かは全くわからないけれど、身体がカフェインを欲していないのがわかったので、わたしはそれを素直に聞いて、コーヒーを飲むことはやめた。

エッグベネディクトをナイフとフォークで切り分けて口へ運びながら、卵の味が日本で食べるものより濃いなと感じる。

昨日部屋でフルーツを口にした時もそう思ったけれど、今、自分自身がどう感じているのかということが、ここでは何倍にも大きなものになっているようだ。東京は人も建物も車も情報も何もかも多すぎるからだろうか。それともこの土地や食べ物の生命力みたいなものが強いからだろうか？

昨日の朝は、まだ東京にいた。そして飛行機に乗って、異国の地に着いて、車で移動してホテルにチェックインして寝ただけだけれど、わたしは自分自身が大きく変わり始めているのを感じていた。

食事を終え、特に何をするかも決めていなかったので、ホテルの中を散歩することにした。ホテルの敷地に太陽の光が入り始めて、植物たちが一斉に輝いていた。

美しい緑、咲き乱れる花、太陽の光、そして青い空やささやかに吹いてくる風、それにのって聞こえてくる鳥の声。どこにでもあるこれらのものが、わたしに癒しと力を与えてくれているのがはっきりとわかった。だって、何も事態は変わっていないけれど、ここではわたしの心は安らいでいる。

でも間違いなく、東京にも、緑も花も太陽も空も鳥も風もあるはずだった。だけど自分がそこに意識を向けなければ、それはないのと同じになってしまうし、そこからは何も感じることも得ることもできないんだなと思った。

世界は自分の思う通りにできているし、
自分の見たいように見えているんだよ

そんなことを考えながら歩いていると、

「由布子さん、おはようございます」

と声をかけられた。

昨日、わたしをここまで連れてきてくれたアグンだった。彼は、今朝他のお客さんをホテルに連れてきて部屋までおくったところのようだった。

「由布子さん、今日はどこに行くんですか?」

「今日はどこにも行かないわ」

「そう、日本人にしては珍しいですね。日本人は、めいっぱい観光に行きたがる人が多いから……」

予定がないのは、急にバリに行こうと決めたから、ホテルを決めるので精いっぱいで、観光のことまで考える余裕がなかったからなのだけど、そのことは黙っておいた。

「今日は僕は午後から休みなんです。夕方から、僕の村のお寺で満月のセレモニーがあるから見に来ませんか?」

そもそも予定はなかったし、満月という言葉になんだか惹《ひ》かれた。

それよりも何よりも、わたしは、もっと彼の話が聞きたいと願っていたのだ。そして、その願いはやっぱり叶うことになった。そしてそのことに、わたしはとても満足していた。アグンが昨日言った、願いは叶うようになっている、という言葉を信じたい自分がいたからだ。

アグンは二時に迎えに来ると言って、笑顔で去っていった。

この時、残念ながら恋の予感は全くしなかったのだけれど、わたしの人生の何かが変わる予感をひしひしと感じていた。


二時ちょうどに、アグンはバイクに乗って迎えに来た。

ホテルの従業員に誘われて出かけていくというようなことは、バリ島のあちこちで起きていることなのかもしれないけど、このクラスの高級ホテルで起きることとしては少し違和感があった。でも、その違和感も、何か不思議なことが起きているというわたしの思いを助長してくれるものだったので、気にならないどころか心地よかった。

「またあなたの話が聞きたいと思っていたから、今朝会えた時は少しびっくりしたわ」

「だから言ったでしょ。もし君がほんとうに望むなら、どんなことでも叶うんだよ。魂があらゆる手段を使って、それを叶えようと働きかけてくるんだ。だって、すべては繋がってるんだもの。僕がここで働くことができているのも、僕の願いが叶ったからなんだ」

「でも、願いは何でも叶うなんて思っている人も、ほんとうにそうなっている人も、あんまり見たことないわ」

「それは、そんなの無理、叶わないと思っているから叶わないだけ。叶わないという心の底の思いが、叶っているんだよ」

アグンの言うことはすぐには全部飲み込めなかったけれど、たしかにそうかもしれない、という思いは徐々に強くなっていった。

「それにみんな、今の状況から逃げ出すための願いばっかり持っているんだ。でも、今から逃げ出したいと思っていたら、逃げ出したいようなことばかり経験することになってしまうよ。世界は、自分の思う通りにできているし、自分の見たいように見えているんだからね」

「自分の見たいように見えている？」

「自分が仕事が嫌だと思ってたらそれは嫌な仕事だし、バリは楽しいなと思ってたら楽しいでしょ？」

ものすごく当たり前のことのようだけど、改めてそう言われるとその通りだ。

「そうやって自分の思いが全部物事を決めているんだよ」

たしかに、バリ島に来るまで、ただただ会社で最悪な出来事が起きたとしか捉えていなかったものが、アグンと話してから急に違う意味を持ち出した。あの出来事がなければ、わたしはバリ島に来ていなかっただろうし、こうしてアグンと出会って話すことにもならなかったはずだ。

起こったことは何も変わっていないのに、わたしにとって、不本意な部署異動はそこまで悪いことではないのかもしれない事実に変わったどころか、何か、わたしに良い変化をもたらしてくれるきっかけかもしれないとまで思えるようになった。

「アグンは、どうしてそんなことを知ってるの？」

「マンクーに教えてもらったんだ」

「マンクー？」

「日本でいうお坊さんみたいなものだよ。バリではしょっちゅういろんな儀式が行われているけど、そういった儀式を執り行う人なんだ。小さい頃僕はマンクーの家に入り浸っていたんだよ。もしかするとマンクーの家で過ごした時間のほうが自分の家で過ごした時間より長いかもしれない。そこでいろんな話を聞いたんだ」

自分の家より他人の家で過ごす時間が長いなんてことがあるのだろうか？　頭の中がクエスチョンでいっぱいになるけど、バリではそういうこともあるのかもしれない、ととりあえず受け流した。

「マンクーは、人のことがわかっちゃったり、ちょっと先のことがほんとうに見えたりするんだよ。僕も久しぶりだから、セレモニーの前にマンクーの家に行ってみよう！」

わたしの返事は聞かなくてももう知っている、というかのように、アグンはバイクを右に方向転換して走らせた。

その人が存在している理由は、
その人のほんとうの願いに隠されている

連れて来られたのは、路地を少し入ったところにあるバリの民家だった。門をくぐると、敷地の中にはいくつかの建物がわかれて建っていた。そして、母屋であると思われる一番大きな建物の入り口はテラスのようになっていて、そこで何人かの男性が座っておしゃべりをしていた。

「こっちだよ」

アグンが、その母屋の中の一室にわたしを案内してくれた。

招き入れられた部屋は、ベッドと最低限の戸棚しかなく、光は窓から入ってくる日光のみで少し薄暗かった。ベッドの上のマットレスは何年使ったのかわからないくらいにぺちゃんこだった。壁にはバリ式の神棚のようなものがあって、白地に金で模様がプリントされた布で飾られていた。それほど大きな神棚ではなかったけれど、簡素な部屋で、その神棚だけが存在感を発揮して目立っていた。

マンクーと呼ばれるその人は、五十代半ばくらいだろうか、恰幅《かっぷく》がよく、よく焼けた顔で笑うと目がとけてしまいそうな優しいおじさん、という感じだった。白い腰巻、白いシャツ、頭にはターバンのようなものを巻いていて、いかにも聖職者だという出で立ちだった。

そのおじさんはわたしの顔を見ると、笑顔でわたしが全く理解できない短い言葉を言った。

「よく来たね」と言っているよ、とアグンが通訳してくれた。

「あなたは、何かを創り出していく手を持っているね。でも今は使われていないようだな」

挨拶もそこそこに、こちらがまだ何も言わないままに、もう何かが始まってしまったようだった。

「神様からもらったものを使っていないと、不具合が出てきてしまうよ。今、右側の肩や腕がとても重いでしょう?」

たしかにその通りで、この頃は少しパソコンに向かうだけでも腕が重く、肩や背中の内側から疲労や痛みが出てくるような感じになってしまっていた。だから、バリ島ではスパに行こうと目論んでいたのだった。それが、わたしのバリ島での唯一の予定と言えば予定だった。

「それはスパに行く程度じゃ治らないよ」

アグンもそんな感じだったけれど、このマンクーと呼ばれるおじさんも、わたしの考えていることがわかってしまうようでびっくりする。

「たしかに、ものすごくつらいんです。これは、どうしたら治るんですか?」

「自分に与えられたものを、ちゃんと活かしていけば、自然と治る。魂がほんとうに求めていることをやるんだ」

またここでも、魂の話になった。そう言われても、そんな風に考えて生きてこなかったわたしにはいまいちピンとこない。でも、昨日からすでに、わたしの魂は何を望んでいるんだろう?　という興味はとても出てきていた。

それだけでも、そのことについて何も考えていなかった時から考えると大きな変化だと思う。

「今から六年ほど前に、大変なことがあったでしょう？　その時気づいていれば、今、バリ島には来ていなかったかもしれない」

マンクーは、間違いない、というような感じで頷きながらそう言った。

大変なことは、たしかにあった。その時付き合っていた彼と乗っていた車で交通事故に遭ったのだった。幸い、死者が出るような大きな事故ではなかったものの、わたしたちも含め、けが人は出た。

あの時感じた恐怖は独特で、忘れようにも忘れられないものだ。自分が運転していたわけではないとはいえ、自分が乗っていた乗り物で人を傷つけたり、最悪殺してしまっていたかもしれない。それは、自分が死ぬよりも怖いと感じるものだった。

その事故で、わたしは足を骨折し、むち打ちになり、しばらく会社に行けなくなった。彼は肋骨《ろっこつ》を骨折した。そして、事故以来、彼ともなんとなく疎遠になって自然消滅してしまった。たぶん会うとその事故を思い出してお互いいい気がしなかったからだろう。

そしてちょうど身体が回復しかけた頃、当時住んでいたマンションで騒音トラブルがあって引っ越しを考えざるをえなかったり、なんだかその一年ほどはふんだりけったりな時期だった。

うまくいかない時というのは何をしてもうまくいかない。ひとつうまくいかなくなると、なんだか歯車が狂ったかのようになる。逆に、安定している時というのはしばらくそれが続くのだけれど。

人生は、そうした大きな波のようだと感じたことが何度かある。いい時と、悪い時と、繰り返し寄せては返す波。


その時、何を気づいていればよかったというのだろうか？　それをこの人に聞いてもいいのだろうか？　そんなことを考えているうちにも、マンクーの口からは矢継ぎ早に言葉が出てくる。

「叶えたい望みはあるかな？　その人が存在している理由は、その人の持っているほんとうの願いに隠されていて、それは魂に刻み込まれているんだよ。みんな、ちゃんと意味があって生まれてきている。深いところに自分で仕舞い込んでしまっているけれど、決して忘れることなんてできない望み、それがあるはずだが、どうかな？」

「わたしは、いい人に出会って幸せな家庭を築きたいんです。そして、こどもも欲しいと思ってるんですが」

「ほんとうにそうかな？　それも望みかもしれないが、その前にもっと大事なほんとうの望みがあるだろう。もちろん、平凡な日常や家庭生活の中にも幸せはある。でもあなたは、ただ家庭におさまるのではなくて、何かを生み出すんだ。あなたにしか創れないものを。そしてもっと世の中の女性に影響を与えるようなそういうことを望んでいるんではないかな？　自分の魂の言葉を理解してあげられるのは、自分だけだ。自分の内側に耳を澄ますんだ。自分が何を望んでいるのか、まずは知らないと」

マンクーは畳みかけるようにすごい迫力でわたしにそう伝えた。

でもそう言われても、やっぱりわからなかった。これまで、いかに会社で無難に生きていくかということしか考えていなかったのだから。

でも、マンクーの発するこの言葉は、この目の前の人から発せられたものではなく、目の前の人を通して自分自身の深いところから、自分自身へ語りかけられているように感じられた。

それは、これまでに体験したことのない感覚だった。

一体全体、なんでこんなことを言われるのかもよくわからないけれど、ほんとうに不思議なことに、拒否反応は出なかったどころか、その言葉がわたしの心と身体に行き渡って自動的に受け入れてしまったようだった。

「あなたの気持ちさえそこへ向かえば、すぐに出会いがあるだろう。それは、新しい仕事の方向性の流れに乗る出会いだ。もしかすると、すでに知っている人かもしれないな。半年ほどあとにはもう、新しい道ができているよ」

それはそれでワクワクする話だったけれど、やはり、せっかくの機会なので聞いておきたいことがあった。

「結婚はしないんでしょうか？」

「魂の伴侶《はんりょ》に出会えるのは、あなたが自分の魂の望みに気づいて、それを実行してからだ。そして、自分の伴侶に出会えば必ずわかる。ちゃんと道を歩いていれば出会えるようになっているから安心するんだ。あなたが進む道の途中で、間違いなくいい出会いがある。それはあなたと同じように、自分の道を歩いている人との出会いだ。でもそれには、ちゃんと一歩踏み出さないといけないよ。踏み出せば、一年後にはもう違う世界が見えている。何も心配することはないよ」

結局、自分はほとんど言葉を発せないままに、一方的に言葉が降ってきたような感じだった。占いっぽいけれど、占いでもなさそうだった。

これまで占いの類にはほとんど興味がなかった。どちらかというと、高校生くらいの時から、朝のニュースの最後に流れる星占いに一喜一憂する友人を冷めた目で見ているほうだったのだけど、今、ここでマンクーに言われた短いような長いような言葉は、なんの根拠もないのだけれど信じられると思った。

マンクーが「今ここで伝えられることはこれだけだよ」と言ったので、わたしはお礼を言ってその部屋を出て、アグンに聞いた。

「どうしてこんなことがわかるの？」

「マンクーは、いつもこんな感じなんだ。見えないものが見えたり聞こえたりしているんだよ。人間の情報っていうのは、目に見えている部分にだけにあるんじゃないんだ。その人の魂の部分が見えれば、その人に関するいろんな情報がわかるんだよ。たまに、そういう人がいるんだよ。バリには、そういう人が結構いるよ」

「未来もわかってしまうの？」

「結局、人生は自分で選べるようで選べないんだ。魂が行きたい方向へ行くしかないから。だから、未来もある程度決まっていて、わかるといえばわかるよ。それに……」

「それに？」

「職業やパートナーだって、自由に選べるようだけど、ほんとうは限られた範囲でしか選べないんだ。自分が魂で決めてきたことにどうしても引っ張られるからね。職業もパートナーも、魂で決めてきたものに出会うと、ちゃんとわかるようになっているよ」

わかるようなわからないような話だったけど、わたしはそれを信じてみたいと思っていた。

「僕も、まだまだこれからやりたいことがあるけれど、今のところ僕にはこれしかできないし、この仕事ができて幸せだよ。結局自分はこういう風にしか生きられない、みたいなのがあるはずなんだ。そういう意味で、僕たちにはほんとうは職業を選択する自由なんてないのかもしれないなって思うよ」

部屋を出ると、先ほど男性たちが座っていた場所に、今度は数人の女性たちが集まって、おしゃべりしながら手を動かしていた。みんなレース地でできた色とりどりの民族衣装を着ていて、華やかで美しかった。

「あれは何を作っているの？」

「今日お寺に持っていくお供え物や飾り物を作っているんだよ。みんな自分たちの手で作るんだ」

「一緒にやってみてもいいかしら？」

「もちろん」

アグンに通訳に入ってもらいながら、バナナやヤシの葉っぱを切ったり、それを竹ひごで繋ぎとめて飾りを作ったり、果物に割り箸を切ったものを差して繋ぎ合わせて高く積み上げたりした。

気がついたら一時間くらい経っていて、その間は夢中だった。葉っぱでできた小さな四角い箱に、色とりどりの花びらが入ったたくさんのお供え物や、木のお皿の上にたくさんの果物を高く積み上げた大きなお供え物がいくつかでき上がった。それらのお供え物ができ上がった頃、陽も落ちてあたりが暗くなり始めていた。

そして、美しい長い髪をひとつに束ね、意思の強そうなはっきりとした眼を持つ二十歳くらいの若い女性が、わたしに美しいオレンジ色のサロンと、黄色の腰紐を貸してくれた。お寺に行くには、これを身につけなければいけないそうだ。

わたしはさっとそのサロンをスカートみたいにして巻き、その上から腰紐を結んだ。たった布一枚と紐一本で素敵な衣装ができ上がってしまい、このシンプルさがとても新鮮だった。わたしも含め、都会の女性は少し飾りすぎで、服装を気にしすぎるのかもしれないなと思った。

「みんな、初めてにしてはすごく上手だって言っているよ」

アグンが言った。

「なんだか、楽しくて夢中だったわ」

こんなに何かに夢中になったのはほんとうに久しぶりだった。仕事はいつも忙しかったが、それは夢中というのとは違って、やることがあるから、そしてやらなければ困ったことになるから仕方なく忙しくなっているだけだった。

「楽しかったのならよかった」

アグンが嬉しそうに笑い、そして、これを伝えなければ、という表情になって言った。

「君は今、魂の望みを少しだけ思い出したんだ。夢中でやってしまうこと、楽しくてたまらないことの中にヒントがあるんだよ」

その時また、中学生や高校生だったわたしが鞄や服を夢中で作っていたのを思い出した。

「マンクーに会うと、みんなそうなるんだ。魂の道へと引っ張られて、勝手にいろんなことが起きてしまうんだよ」

月がこんなに綺麗だと思ったのなんて、生まれて初めてかもしれない

「セレモニーがそろそろ始まるから、お寺へ行こう」

そう言われて、家を出た。お寺はここから歩いて五分くらいのところにあるそうだ。わたしたちが家を出ると、先ほどの女性たちも、お供え物を頭に乗せて行列になってお寺へ向かうところだった。

あたりはもう真っ暗だった。そして空を見上げると、そこには大きな満月が、悠然と輝いていた。黄金色の月あかりの中、美しい衣装に身を包み、一列になって歩く女性たちの姿は幻想的だった。

月ってこんなに綺麗だったかな……。

東京にも、満月は毎月やってくるはずだけれど、満月を美しいと感じたのなんて、何年ぶりだろう？　空を見上げることさえ、ほとんどなかったように思う。

「満月の時には毎回セレモニーをするの？」

満月の度にこのセレモニーがあるのなら、バリの人は、満月を忘れるということはないのだろう。その度に、この美しい月を見上げ、何を感じ、何を受け取るのだろう。

「満月の時だけじゃなくて、新月のセレモニーもあるよ。それだけじゃなくて、悪霊祓いとか、金物に感謝するお祭りとか、本や知恵を祭る日とか、あとは日本のお盆にあたる大きなお祭りも七ヶ月に一回やってくるよ。それ以外にも、村の人の結婚式とかお葬式とか、バリにはほんとうにたくさんの儀式やお祭りやお祝いがあるんだよ」

「月がこんなに綺麗だと思ったのなんて、生まれて初めてかもしれない。バリの人は、満月を忘れることなんてないのね」

「バリ島では、こうやって宇宙のリズムを感じるんだ。僕たちは広大な宇宙を構成するひとりで、その中で生かされているってことを忘れないようにね」

お寺に着くと、そこには五、六十人くらいの人たちがいて、思い思いの場所に座っていた。みんなこの村の人なんだそうだ。

先ほど作ったお供え物がたくさん置かれている台もあった。色とりどりのお供え物は、遠くから見てもとても美しかった。

「お供え物も、お寺の飾り付けも、みんなの衣装もとても綺麗ね」

「神様は、美しいものが大好きなんだよ。だから、美しいお供え物を作るんだ。音楽や踊りを捧げることもあるよ」

しばらくすると、さっきのマンクーがやってきて、みんなとは少し離れた場所にある台座の上に座り、お経のようなものを唱え始めた。お経の合間に、小さなベルをチリーンと響かせる。日本で、仏壇の前でお鈴《りん》をチーンと鳴らすような感じ。

そして、ベルの音が鳴らされると、たくさんの人でざわついていたその場が、一瞬にして静まりかえり、空気が透き通った。

そしてそこに座っていた人全員が、さっき作った小さな葉っぱのトレイに載せたお供え物のお花の中から花びらを取り、それを挟んで手を合わせて頭上にかかげ、お祈りを始めた。

わたしも、見よう見まねで一緒にやってみた。

そうやって何度かお祈りが捧げられ、最後にマンクーとそのお手伝いの人がみんなに聖水と濡れたお米を配って回り、儀式は終了した。

お祈りをすると、とてもスッキリとして頭から余計な思考が追い出されて、いつもより意識がクリアになったような感じがした。

アグンにそのことを言うと、

「お祈りは瞑想のようなものだからね。要らない思考がなくなればなくなるほど、魂からのメッセージを受け取りやすくなるよ」

わたしは祈りながら、わたしの魂の望みが見つかりますように、と願っていた。


君の目は何を見るためにあるの？

君の耳は何を聞くためにあるの？


帰り道、アグンがまた話し始めた。

「魂の望みは何なのかって考え始めたでしょう？」

やっぱり、アグンにはなんでもお見通しのようだった。

「そうやって自分の魂を意識し出すと、たくさん、サインが降ってくるよ。こっちだよって魂が導いてくれるんだ。それが魂の運命だったら、そして、ほんとうにそれを実現しようと覚悟を決めたら、あらゆることがその運命を実現させるために動き出すんだよ。

僕も、ずっとそのサインを追いかけてきたんだ。そのサインは、自分の中から湧き上がってくることもあるし、何気なく読んだ本に書いてあるかもしれないし、急に誰かが声をかけてきて大事なことを言うかもしれないし、思いがけない出会いがあるかもしれない。魂の道に気づかせるために、いろんな手段で働きかけてくるんだよ」

「ほんとうに？　そんなことには全く気づかずに今まで生きてきちゃったわ」

「ほとんどの人はそうかもしれない。でも、気づかなくても無意識でも導かれてはいるんだよ。僕は小さい頃から、外国のことが気になってしょうがなかったんだ。まだ普通の小学校に通っている小さな頃から、外国のものを見たり、外国語に触れるとワクワクしたよ。そしたら、中学生くらいになったら、ウブドの通りを友達と歩いている時なんかに、僕だけ外国人観光客に話しかけられるっていうようなことも多かったよ」

そう言われると、誰だって最初はワクワクするものがあったんだと思う。それを忘れてしまったのはいつだっただろう？

アグンは、この話をし出したら止まらないようだった。

「父は高校の先生をしているんだけど、僕にも先生になって欲しかったみたい。この国は公務員というだけで一生身分が保証されるし、尊敬されるからね。だけど、僕はその仕事にはどうしても興味が持てなかったんだ。だからある日はっきり言ったよ。自分は先生になるつもりはない、将来は外国に行きたいんだって。父はちょっと悲しそうだったけど、でも、僕がほんとうにそうしたいっていうのが伝わったんだと思う。魂から伝えたら、ちゃんと届くんだ。僕は高校を出たら、観光と語学の学校へ行ったよ。学校で日本語を勉強して、そして、ホテルに就職できたあたりから父も何も言わなくなったよ。でもまだここは通過点なんだ。まだ二十代だから、それは当たり前なんだけど。ここから僕の魂が僕をどんな風に導いてくれるのかとても楽しみなんだ」

自分の魂の道を生きている人の話にはとても力があって、それだけでわたしに元気を与えてくれると思った。

「みんな、お金とか成功とかを求める。もちろん、お金はあったほうがいいと思うよ。でも、いくらお金があったって、いい仕事があったって、成功してたって、家族がいていい暮らしをしてたって、魂を生きていなければ幸せじゃないよ」

わたしも含めてみんな、人生をどう生きるのがよいのか、という基準を探しているんだと思う。それがわからないから、みんな迷う。そして、わからないから、周りから押し付けられたことや、世間で良いとされていることを基準にしてそこを目指してしまう。

「運命の鎖はちゃんと繋がっているよ。でも、自分から一歩踏み出さないと、その繋がりをたどっていけないんだ。自分の感覚を信じたらいいんだ。大事なことは、ちゃんと直感として、魂からのお知らせが届くようになっているんだよ」

アグンの言葉のすべてに、満月から降り注ぐ光のエネルギーが乗っかっているように感じて、その言葉は、光となってわたしの心の奥まで届いた。

この日が終わらなければいい、と願った。そんな風に思うのは、ものすごく久しぶりなような気がした。

わたしは東京ではいつも、一日が早く終わって欲しいと願っていたことに気づいた。そして、早く終わって欲しいようなつまらない毎日というのがわたしの現実だった。そう、やっぱりわたしの願いはちゃんと叶っていたのだ。

その夜、夢を見た。

五人も乗ればいっぱいになるような小さな細長い船にわたしは乗っていた。操縦してくれる人がいるはずだけど、わたし以外の人が乗っているようには見えなかった。船は、まっすぐ満月に向かって進んでいた。

満月の光を浴びながら、静寂の中、ボートは前に進んでいた。どこへ向かっているのかはわからなかったけれど、それがバリ島から出発したことはわかった。不思議と怖くはなかった。小さな船のエンジンの音と、さざ波の音以外は何も聞こえなかった。

しばらくすると、船は一時間も歩けば一周できてしまいそうな小さな島にたどり着いた。そこは無人島のようなのだけれど、小さなお寺だけはあった。そしてそこには、昨日、女性たちと一緒に作ったようなお供え物が置いてあった。それは干からびた古いものではなく、みずみずしく新しくカラフルなものだった。このお供え物を置きに来るためだけに、毎日ここまで船で渡って来る対岸の住人がいるようだった。

そこでわたしは、昨日お寺でやったことを思い出しながら、お祈りを捧げた。すると、頭の中に声が降りてきた。

「君の目は何を見るためにあるの？　耳は何を聞くためにあるの？　その手は何をするためにあるの？　足はどこに行くためにあるの？　その頭で何を考えるの？」

誰がしゃべっているのかはわからなかったけれど、それはとてもよく知っているんだけれど、何故か今まで忘れてしまっていた人の声のような気がした。

「君はもう全部、大事なものを持っているんだ。君が持っているもので、自分の道をちゃんと歩いていけるんだよ。その道を歩いていけば、生まれてきた意味にたどり着けるよ」

人には運命がある。そして、その運命を生きていると、迷いがなくなる

その声が聞こえてきたところで、目が覚めた。

ベッドから起き上がって、テーブルの上に目をやると、取っておいてもらったフルーツが目に入った。昨日はまだふつうに黄色かったバナナが、もう茶色い斑点がたくさんできて変色してしまっていてびっくりした。気温が高いというのが理由かもしれないけれど、ここは日本のあの蒸し暑い夏よりは涼しく感じる。日本だったら夏でもこんなに早いスピードで変色してしまうことはないはずだ。

ここはなんだか時間の流れが違う。それとも、この場所に満ちているエネルギーの密度が違うというか、そんな感じがした。

なんて、自分でもよくわからないことを考えながらゆっくり支度をしてから、朝食を食べに行った。

その日の予定も、夕方に入れてあるホテルのスパの予約以外は何も考えていなかったけれど、ネットで少し情報収集したところ、十年前にバリ島へ来た時に立ち寄った日本食レストランがまだ健在だということで、そこに行ってみようかなという気になる。

その時は、バリに来てすぐにお腹の調子が悪くなってしまったので、食べ慣れた日本食を食べに行くことにしたのだった。そこで食べたきつねうどんに、心の底からほっとしたのを覚えている。

旅に出た時は、できるだけ旅先のものを食べる主義なのだけど、前回もそんな理由で日本食レストランに行くことになり、今回は、何故かその店が懐かしくて行ってみたいと思った。

こうした、ふとした思いみたいなのも、サインなのかしら？

そんな思いがちょっとよぎった。

昼時になってその日本食レストランに行ってみると、オーナーらしき日本人女性が、「いらっしゃいませ」と言って出迎えてくれた。

ウブドのレストランはそういうところが多いみたいだけど、ここもオープンエアで、田んぼが見渡せて気持ちのいい場所だった。十年前ここに来たことをよく覚えていたわけではないのだけれど、ああ、こんな感じだったな、というのが蘇ってきた。

焼き魚と煮物とご飯とお味噌汁がセットになったランチメニューがあったので、それを注文した。

料理ができ上がるのを待っている間、そのオーナーらしき感じのよい女性が近くにいたので、十年前にも一度来たことがあるということを話すと、とても喜んでくれた。オーナーは小夜子さんといって、もう十五年前からバリに住んでいて、十二年前からここで日本食屋さんをやっているんだそうだ。十五年から比べると、バリ島の給料も物価もかなり上がったらしい。

そんな話をしていると、

「こちらの朝子さんなんて、もうバリに住んで三十年よ。わたしなんてまだまだ」

と言って、わたしの後ろの席に座っていた女性を紹介してくれた。

朝子さんは赤道に程近いバリ島に住んで三十年とは思えないような真っ白な肌をした、座った姿勢がスッとしていて美しい人だった。優しそうでもあり、意思が強そうでもある感じ。

お互いひとりだったので、そちらの席に移動させてもらった。旅先では、こういうことが気軽にできるからいいなと思う。やはり外国にいると、同じ日本人、日本語が通じるというだけで、何か連帯感というか、繋がっている感が湧き起こるからとても不思議だ。

「三十年前なんて、ほんと、このあたりにはお寺と民家しかなかったのよ。ホテルも安宿がいくつかあったくらいで、予約も電話か手紙でするしかないっていう時代だった。その頃でも、観光客はチラホラいたけどね。西洋人が多かったわ」

朝子さんは、三十年前に初めて友人に誘われてバリ島に旅行に来て、バリ島にはまってしまったらしい。

「友達が誘ってくれるまでは、バリ島がインドネシアにあるっていうことすら、知らなかったのよ。もしかすると、インドとインドネシアの区別もついていなかったかも、というレベル。なのに、ほんとうに導かれたようにここへ来て、それからずっと住むことになってしまって……」

朝子さんは懐かしそうに語る。

そうやって誘われて旅行に来て、その最初の旅行で出会ったこちらの人と、なんと三ヶ月後に結婚したんだそうだ。旦那さんは、朝子さんがお土産を買いに立ち寄ったシルバーのアクセサリーを売る店の職人さんだったそうだ。

「会った時すぐにこの人と結婚するってわかったんですか?」

思わず、独身の人がしそうな質問をしてしまった。だって、わたしには、結婚を決める、という感覚がどうしてもわからなかったから。

「そうね、会った瞬間にわかったわけじゃないけれど、何か、吸引力は感じたわね。それで、なんだかそうなってしまった、という感じよ。当時、インドネシア語なんて一言もわからなかったから、お互い片言の英語でコミュニケーションを取っていたんだけど、なんとか通じてしまうから不思議よね。たぶん、言葉以外のところでも何か通じるものがあったんだと思う。今考えてもほんとうに不思議だわ」

そして結婚してすぐバリ島に移り住んだそうだ。

「移り住んで、最初に住む家を探したんだけど、その時外観を見てここいいなって思った家に入ったら、なんとそれまで何度も夢で見ていた家の間取りと同じだったのよ。さすがにその時は運命を感じたわね。やっぱり、ここに来ることになってたんだって」

移り住んでからインドネシア語を勉強したのち、旦那さんと一緒にオリジナルのバリ島雑貨を作って販売するようになり、それがうまくいって、今ではお店もバリ島内に数店舗、そして立派な家も構えているんだそうだ。

「わたし、もうインドネシア国籍に変更しているの。日本人だけど日本人じゃないのよ。だから、少し前までは日本に帰るのにもビザを取らなくてはいけなかったのよ。今は、インドネシア人もビザなしで日本に入国できるようになったから、時代も変わったわ」

と言って笑った。

「インドネシア人になったら、旅行するのも大変なのよ。ちょっとヨーロッパへ行きたいと思っても、ジャカルタまで飛行機に乗ってビザを取りに行かなくてはいけないの。日本のパスポートほど強力で自由が効くパスポートなんてないわ」

「そうなんですね、もっと日本のパスポートに感謝しないといけないですね」

生まれてから日本人であることが当たり前だったわたしには、旅行へ行くのにも自由が効かず、大変だという状況を想像すらしたことがなかった。当たり前にあることのありがたさというのにはなかなか気づけないものだなと思う。

そして、そんな自由な権利を持っているところから、制限のあるところへ国籍を変えるというのは相当な覚悟がいるのではないかと思ったので聞いてみた。

「でも、そういう不便とか制限とかよりもっと、大事なものがあったのよ。何かを選択するということは、何かを捨てるということでもあるから」

生き方は、無限にあるのだな、人生いろいろだと思う。ほんとうに人によって人生に望むことも、何が幸せなのかも違うんだ。

「振り返って思うのは、わたしはこの島で生きることが決まっていたし、他の場所では生きられない運命だったっていう確信が今ならあるわ。若い頃は、不安もたくさんあったし、これでいいのかなって思うこともたくさんあったのだけれど、あとになったら全部、あれでよかったんだ、と思える日が来たのよ」

朝子さんの目にも迷いがなかった。そういう目を見ると、やはりわたしは嫉妬してしまう。

そして、朝子さんと話したことで、わたしはなんとなく、今日このレストランに行こうとふと思い、実際にやって来た意味を感じ取ることができたのだった。

短い時間だったけれど、人には魂が決めてきた運命がある、そして、その運命を生きていると迷いがなくなるのだ、ということを感じ取ることができた。

ただ日々を消費するのではなく、「生きたい」そう思った

今日結局やったことと言えば、そのレストランに行って帰ってきてから、夕方にスパ

に行ったくらいで、もう気づけば一日が終わろうとしている。

バリ島は、とてものんびりした空気を感じるけれど、でも一日が過ぎるのはあっという間で、とても不思議な時間の流れ方だった。

そんな、特に何をした日でもなかったけれど、パソコンを開いて、昨日の満月と、今日街中で撮った写真を何枚かFacebookにあげた。

そして、そのままFacebookを少し眺めていると、以前一緒に会社で働いていた後輩が、バリ島の写真をあげていた。ウブドからはだいぶ遠いけど、ヌサドゥア地区のビーチ沿いのホテルで、奥さんと娘さんと一緒に家族で休暇を楽しんでいるようで、ビーチでくつろいでいる写真があがっていた。

矢田くんといって、わたしより二歳ほど若い男性社員で、後輩でもあり、同僚として一緒に営業部で頑張った仲間だった。とてもキビキビして仕事のできる人だったのだけれど、ラグビーをどうしてもやりたいからニュージーランドへ行くと言って、中途入社してから二年ほどで辞めてしまったのだった。今から三年ほど前のことだ。

若いのに自分をしっかり持っていて、大学時代から付き合っていた彼女と二十四歳で結婚していた。男も女もなかなか結婚を決められない人が多い中で、なんだかスパッとしていていいな、と思ったのを覚えている。将来はこどもを持ちたいと語っていたが、ニュージーランドに渡ってからこどもも生まれたみたいだった。

わたしにはあまり社内で意気投合するような人はそれまではいなかったのだけれど、矢田くんだけは何故か気が合って、よく話をしていた。だけど、矢田くんから会社を辞めようと思っていると相談を受けた時、わたしは、

「会社辞めるなんて現実的じゃないし、もったいないよ、考え直したら？」

と言ったのだけど、そこから矢田くんは少しわたしを避けているようなそぶりで、結局そのまま会社を辞めてしまったので寂しく感じていたのだった。

その後、予定通り奥さんと一緒にニュージーランドへ渡ったところまでは知っていたのだけれど、それからは連絡もないし、Facebookもあまり投稿していなかったし、どうしているのだろう？　と時々思い出す程度だった。

それを見て懐かしいなあ、と思っていたら、ピコーンと音が鳴って、メッセンジャーへメッセージが入ってきた。

矢田くんからだった。

「ご無沙汰してます！　谷口さんもバリにいるんですか？　懐かしいですね。もしよかったら、明日ご飯でもどうですか？　こちら、妻の美由紀と娘もいますが一緒でよければ」

という内容だった。

ちょうど矢田くんのことを考えていたところにメッセージが来たので驚いたけれど、Facebookで写真を見た時から、なんとなくメッセージが来ることを期待していたというか、ほんの少し前もってわかっていたような感じがあった。

「ほんと久しぶりね！　同じ時期にバリに来てるなんてすごい偶然！　わたしはウブドに滞在してるよ〜。ぜひ一緒にご飯行こう。わたし、明日が最終日だから明日だと嬉しい」

と返信した。

次のメールで、僕たちはヌサドゥアに滞在しているんですが、明日はウブドに行こうと思ってたんで、ウブドまで行きますよ、と言ってくれたので、明日行きたいなと密かに思っていたオーガニックレストランはどうかと提案してみた。

二十代の頃の食生活は決していいとは言えないものだったし、あの頃だったらオーガニックフードと言われても全く興味が湧かなかったのだけれど、一年くらい前から急に食べ物の好みも変わってきて、自分の身体に入れるものをとても気にかけるようになった。同じ食べるなら、身体が喜ぶものを食べたい、と思うようになり、農薬や添加物なんかを気にし出したのだ。その頃から、お酒の量もずいぶん減っていった。

「ここ、ちょうど美由紀が行きたいと言ってたところなんですよ！」

と返信が来た。

こうやって偶然が重なる時は重なって、前もって計画なんてしなくてもトントン拍子で会えてしまうものなんだな、と思った。

十二時にそのレストランで会おうと決めて、パソコンを閉じた。

もうあたりは暗くなっていて、夕食の時間だったのだけれど、あまりお腹が空いていなかったので、その日は部屋に残っていたフルーツだけを食べて、ゆっくりお風呂に入ったり、本を読んだりして眠くなるのを待っていたその時、ＬＩＮＥでメッセージが入った。

実家の父からだった。

「陽子から聞いたけど、営業部から総務部に異動になったんだって？　いい歳して結婚もせずに、仕事もそんなんで大丈夫なのか？　バリ島に行ってる場合じゃないだろう！」

妹の陽子は、大阪の実家で父と母と一緒に住んでいる。父と母には異動のことも、バリ島に行くことも言ってなかったけれど、陽子には話しておいたのだった。特に口止めしていたわけじゃなかったので何かの会話の中で、この話が出たのだろう。

実家から離れて暮らしてから、両親とは用事があれば連絡はとるけれど、それほど頻繁にやりとりするわけではない。でも父は、何か言いたいことがある時はこんな風に突然連絡してくるのだった。

「わたしはわたしの考えで人生生きていきますから」

わたしが返事できたのはこれだけだった。その後、父からも返信は来なかった。

バリ島に来て、変化や希望を感じている自分と、現実に引き戻されていく自分、そのふたつの中で、もやもやしながらその日は眠りについた。


次の日のバリ島最後の朝は、ちょっと早起きした。

今回の旅行では、あまりアクティブに動き回るつもりはそもそもなかったのだけれど、あまりに何もしないのも寂しいので、ホテルが提供しているプログラムの中の朝ヨガに参加してみることにして、昨日予約しておいたのだった。

父からのＬＩＮＥで落ち込んだ気持ちを振り払いたかったのもあって、身体を動かす時間があったのはとてもよかった。身体を動かしていれば、少なくともその間は余計なことを考えなくて済む。

前の日の夜にフルーツしか食べなかったから、とてもお腹が空いていたが、東京でも週一で通っているヨガの真由子先生がいつも、「ヨガは空腹の時にすること」と言っていたので、ちょうどいいと思った。

ヨガに通い始めたのは一年ほど前。食べ物の好みが変わってきたのとちょうど同じ頃だった。すごくヨガに興味があったわけでも、ヨガを極めたいわけでもなく、家と会社との往復だけの生活にちょっと新しい風を吹き込みたかったのと、駅前の通いやすい場所に教室があったことが理由で通い始めることにしたのだけど、意外と続いている。

ヨガには勝ち負けがあるわけではなく、誰と比べるものでもないことがとても気に入っていた。

バリ島のヨガは本格的すぎてついていけなかったらどうしよう？　と少し思ったが、初心者向けのハタヨガのクラスだったので、ところどころ英語が聞き取れないところがあったけれど、なんとかなった。

先生は、いかにもヨガの先生、という無駄な脂肪のない、かといって筋肉質というわけでもない身体つきをした、背はあまり高くなく、肩くらいまである髪をひとつに縛った温厚そうなインドネシア人の男性だった。落ち着いた声のインストラクションで、バリ島でヨガをするという特別な緊張感が和らぎ、いつも通りの静かな気持ちでできたのがとてもよかった。

ホテルのヨガスタジオは、敷地の一番奥の川沿いに建っていた。壁はなく柱と屋根があるだけで、その空間を風が我が物顔で吹き抜け、朝の新鮮な空気が吸い放題だった。すぐそばには緑の渓谷が迫り、目の前には絵画のような絶景、耳では下に流れている川のせせらぎの音を聴きながら、なんの遠慮もなく思う存分身体を動かすことのできる場所だった。

ああ、生きてるってこういうことかもしれないなあ、と、生命のエネルギーみたいなものが周りに漂っているのを感じながらヨガのクラスは進んでいき、最後のシャバアサナのポーズでわたしの身体は床に沈んで溶け込んでいくようだった。

「通常のスポーツはエネルギーを使う運動だけれど、ヨガはエネルギーを取り入れる運動よ」

と、真由子先生がよく言っていたのだけれど、これまではいまいちそれがよくわからなかった。でも今日は、ウォリアーワンという戦士のポーズで、両手を真上に伸ばした瞬間、その手のあたりから、サーッと何かが自分のほうへと流れ込んで来るのがわかってびっくりした。

やっぱりバリ島は、いつも感じることができないものを感じることができる場所なのかもしれない。

お昼になり、約束したオーガニックレストランへタクシーで行った。バリ島の物価はずいぶん上がったというが、タクシーの初乗り料金は五十円ほどで、やはり日本とは大きな違いを感じた。

レストランは白を基調としていて、お店のあちこちに花や緑の植物たちが置かれ、いかにもオーガニックレストランという爽やかな空間だった。食にこだわりのありそうな西洋人たちでお店はいっぱいだったが、壁際の四人用のソファ席がちょうど空いていたので、そこに通してもらった。

わたしが着いてから五分もしないうちに、矢田くんたちはやってきた。矢田くんは三年前と全く変わっていなかった。いかにもラグビーをやってそうなガッチリとした身体つき、よく焼けた浅黒い肌にはっきりとした眉毛に白い歯。

奥さんの美由紀さんは以前写真で見せてもらったことがあったのだけれど、その写真の通り、ショートカットが似合うとても健康そうな、笑顔が素敵な女性だった。腕には目のくりっとした可愛らしい女の子を抱っこしていた。

矢田くんと奥さんは、そっくりだった。いや、顔が同じというわけではもちろんないし、矢田くんはガッシリしているのに対して、奥さんは小柄だ。だけど、ふたりが並んでいる姿がぴったりとはまっているというか、調和しているというか……。まるで、この人の隣にいるということがお互いに最初から決まっていたかのようだった。

こういうのをソウルメイトだとか、ツインソウルだとかいうのだろうか？　それがどういうものなのか、よくわかってはいないけれどそう思った。

「ほんと、久しぶりですね！　こんなところでお会いできるなんて、思ってもみませんでしたよ」

矢田くんはもともとハキハキとものを言う人だったが、今日はバリ島で偶然知り合いに会うというシチュエーションがそうさせるのか、記憶の中の矢田くんよりテンションが高めだった。それはわたしも同じだった。

「ほんとよね！　同じ時期にバリ島に旅行に来るなんて。実は、会社で部署異動になって、その休暇を使ってバリ島に来たんだよね」

「え、どこに異動になったんですか？」

「総務部。ちょっと仕事でミスっちゃって、異動させられちゃったのよ。バリから帰ったらすぐ異動なの。異動が決まった時は落ち込んだけど、でもそのおかげでこうしてバ

よ！」
「ものは考えようですね。谷口さんなら新しい部署での仕事もうまくやっていけます
りに来られて、矢田くんにも会えてよかったよ」

再会を喜ぶ一通りの会話のあと、わたしはインドネシア風の甘辛いピーナッツソース
のサラダとエビのグリル、矢田くんはオーガニックビーフのハンバーガーとサラダのセ
ット、美由紀さんは生春巻とカレーを注文した。
「僕のほうは、あのあと、ニュージーランドに渡ってから一年くらいでこどもが生まれ
たんですよ。今もう二歳になります。そのあと、ひょんなことからベビー用品を扱う会
社を始めることになって」
美由紀さんが補足するように言う。
「娘が生まれた時に、わたしがニュージーランドで買って使っていた抱っこ紐がとって
も便利で、日本にはまだ売っていないものだったから、試しにベビー用品店をやってい
る友人にこんなのあるよって言ってみたんです。そしたら、まとまった数を輸入したい
って言われて、最初はそれを手伝っていたんですよ。そのうち、自分たちでもお店を持
ちたいって思い始めたら、日本で手伝ってくれる人が現れて、今はまだネットショップ
だけなんですけど、お店を始めたんですよ」

「この仕事のおかげで、ニュージーランドでの生活も安定したし、収入も増えたし、休みも調整が効くようになって、ほんとよかったと思ってるんですよ。まさかこんな体育会系の自分がベビー用品を扱うなんて思ってもみなかったんですけど。やってみたらトントン拍子で進んでうまくいったんですよ。大好きなニュージーランドのものを、日本へと紹介する役割っていうか、そういう仕事はすごく向いているなって今は思うし、昔会社で、鋼材の輸入も担当してたから、その経験もすごく役に立っているんですよ」

昨日の朝子さんの話もそうだけど、楽しそうに仕事や自分の人生を語る姿はとても魅力的だった。そして、とても眩しかった。

「ほんと、矢田くんがまさかベビー用品屋さんだなんてびっくりだわ。でも、いい感じそうでよかった。わたしのほうは、相変わらず、会社に文句ばっかり言いながら、なんとか東京で毎日暮らしてるっていう感じよ。でも文句ばっかり言ってても、会社辞めるわけにもいかないし、辞めてどうしたいのかなんてないしね。ほんと、人生どうしたいのかわかんなくて迷子になっちゃってるんだけど、なんか、今日矢田くんに会えて元気出たわ」

「どうしたいとかはっきりわからなくても、導かれるってことあるんだなって思います。僕も、ニュージーランドに行きたいっていうのははっきりあって、それでせっかく入れた会社も辞めちゃったんですけれど、それ以外のことってあんまりよくわかってなかったんですよ。でも、少しずつ見えてくるっていうか、そうなってくるっていうか……」

「ほんと、潔く会社辞めちゃった時はびっくりしたわ。あの時は、会社辞めるなんて現実的じゃないって言っちゃってごめんね」

「いや、それが普通の感覚ですよ。でもあの時、僕にはニュージーランドに何かあるっていう確信だけがあったんですよ。ラグビーをやりたいのは決まってたけど、どんな仕事で生きていけるのかはわからなかったんです。でも、行ったら大丈夫、っていうのはなんとなくわかってましたね。直感っていうのかな、こういうの」

そのあと矢田くんは、ニュージーランドのワインがいかに美味しいかを語り、またいつかニュージーランドにも遊びに来てください、と言って、久々の再会は終了した。

楽しそうに話す矢田くんの笑顔は輝いていて眩しかった。矢田くんはちゃんと「生きてる」んだ、と感じた。

わたしはただ、生活しているだけなのかもしれない。そして、「生きたい」とその時強烈に思った。

偶然なんて何もないんだ。すべては法則に従って、意味があって起きている

ホテルに帰ってくると、もう空港へ向かう車へ乗らなくてはいけない時間が迫っていたので、急いで荷物をまとめた。

帰りの空港までの車もアグンが送ってくれるということで、とても嬉しかった。

今回はひとり旅だったこともあって、自分の写真は全く撮っていなくて、風景や食べ物の写真ばかりだったのだけれど、最後にホテルのロビーで、スタッフに写真を撮ってもらった。

その写真を見たら、全身が少しだけ光って白い輝きを放っていた。

わたしは、ただの光の加減かなと思ったのだけれど、アグンがそれを見て言った。

「エネルギーが流れ始めたんだね。魂と繋がり始めたんだ」

そんなことあるのかな、と思ったけれど、アグンの言うことは何故か、そうなんだ、

と素直に思えてしまう。たぶん、それがほんとうのことだからだろう。

アグンに、昔の会社の後輩が偶然バリにいてさっき会ったという話をすると、アグンは言った。

「それは偶然なんかじゃないですよ。偶然なんて何もないんですから。すべては、法則に従って、意味があって起きているんですよ。思ってもみない場所で知り合いに会ったりするのは不思議だけど、不思議じゃないんだよ。いつか、僕の言ったことの意味がわかる日が絶対に来るよ」

ほんとうにそんな日が来るような予感がした。

スタッフに別れを告げて、空港へ行く車に乗り込んだ。

今回は特にバリ島で何をした、という滞在ではなかったけれど、それが逆によかったのかもしれないと思う。思いがけない出会いがあったり、いろいろ考える時間があったからだ。

帰り道、たくさんの鬼や怪物のようなおどろおどろしい巨大なはりぼての人形が、道端のあちこちに置かれているのが目についた。あれはなんなのか、アグンに尋ねてみると、

「次の新月がニュピなんだ。その前日にあの人形たちを担いで街を練り歩くんだよ」

という答えが返ってきた。

「ニュピって何？」

「バリヒンズー教の新年だよ。その日は、仕事もしちゃだめだし、電気も火も使っちゃだめだし、外に出ることもだめなんだ。家の中で静かにしていること以外、何にもできないんだよ。今年は、バリ島だけネットも遮断されるっていう噂もあるよ。ほんとうにどうなるかはわからないけどね」

日本人の感覚からすると、そんなことが可能なのかな？　と疑ってしまう。日本では、ちょっと停電しただけでも、電車が止まっただけでも大騒ぎだ。それが丸一日、誰も家から出られなければ電気も使えないなんて。

「そうやって、その日はいつもいろいろな恵みを与えてくれている地球に恩返しをする日なんだ」

「観光客はどうするの？」

「ホテルの中は、電気は使えるよ。でも外国人も同じように、外に出ることはできないんだ。その日もし外に出たら、世界に自分だけひとり取り残されたみたいになるだろうね。世界中探しても、丸一日全員が外に出られないなんて、こんな場所はここ以外にないよ。その日を迎える準備のために、今バリ人はとっても忙しいんだ」

そんな日がこの地球上にあるなんて、これまで少しも知らなかった。まだまだ知らないことはたくさんある。

「バリは面白いところね。そして、ほんとうにみんなお祭りや儀式のために生きているのね」

「仕事と同じくらい、いや、仕事よりもお祭りのほうが大事だって思っているバリ人のほうが多いかな。僕らにとって、祭りや儀式が先にあって、外で仕事をするという感覚はあとから入ってきたものだから」

「わたしたちとは前提が違うのね」

「そういう儀式は全部、毎日の中で与えられているものに対する感謝を忘れないようにするためのものだって僕は思ってるよ。でも、ほとんどのバリ人は、それが生まれた時からやっていて当たり前のことになっていて、その意味なんて考えないし、知らない人が多いけどね。でも意味を知らなくたって、儀式に生きることがバリに生まれてきた人の運命なんだ。そして中には、その文化の外へ出たがる人もバリには生まれてくる。僕みたいにね。どっちがいい、悪いってみんな考えがちだけど、どちらも役割なんだ。みんなが前へ向かって変化していくためのね。バリの人たちは、その伝統を守り伝えていくのがその役割だし、でもそれだけじゃ停滞しちゃうから、新しい風を吹き込む人も必要なんだ」


先のことなんてわからなくていい。

君の魂を、追っかけていくんだ

車は空港へ向かってひたすら南下した。最近のバリは渋滞がひどいと聞いていたけれど、その日は意外と混んでおらず、順調に進んでいた。

空港にずいぶん近づいた頃、アグンが言った。

「現実はほんとうに、自分の思うように、感じるようにできているんだ。だから、つまらない日常だったとしても、その中でちょっとした幸せや楽しいことを見つけるようにしていくと、どんどん毎日が楽しくなっていくよ」

「つまらない仕事も変わるかしら？」

「由布子さんがつまらないと思っている限りは、どこまでいってもつまらない仕事だよ。

それは、たとえ仕事を変えたとしても同じなんだ」

「え、仕事を変えても同じなの？」

「目に見えるものは、全部、自分の内側の反映だからね。自分が変わらなければ何も変わらないんだよ。でも、自分の感じ方が変わったら、ほんとうに現実が変わっていくよ。だから、日本に戻って新しい仕事が始まったら、それがどんな仕事だったとしてもめいっぱい楽しんでみるといいよ。必ず、何かが変わっていくから」

アグンがそう言ったところで、空港に到着した。


荷物を降ろしながら、これが最後のメッセージだよ、という風にアグンは言った。

「君の魂を、追っかけていくんだ。そうしたら、いつか必ず、ほんとうに経験したかった毎日にたどり着くよ。少しずつかもしれないけれど、必ず変わっていくよ。先々を見通す必要はないんだ。今、どうしたいのか、それさえわかっていたら、ちゃんとそれがずっと先まで連れて行ってくれるから。先のことなんて何もわからなくていいんだ。自分を信じて進んでいれば何も怖くないし、大丈夫だよ」

「ほんとうに？」

疑いつつも、やっぱりアグンの言葉を信じたいという思いが先に来る。

これまで、ずっと先を見て生きてきた気がする。受験のために勉強して、まともな社会人になるために仕事をしてきた。そうしているうちに、今どうしたいのかなんて少しずつ忘れたり、わからなくなってしまっていった。

「こどもの時、インターネットやスマホのある未来なんて想像できた？　未来を考えたってわからないんだ。だから、ただ、毎日を楽しんで一生懸命生きたらそれで大丈夫」

アグンの「大丈夫」という言葉が、わたしのお守りのようになっていった。

「こういうことを知っている人はたくさんいるかもしれない。でも人生で実現できる人は少ないんだ。できるかできないか、それは一歩踏み出す勇気を持っているかどうかにかかっているよ」

少し間を置いてから、

「じゃあ、頑張ってね！」

と言って、最後は最高の笑顔でアグンは去っていった。

帰りはジャカルタ経由の便だったので、国内線ターミナルからの出発だった。国内線ターミナルも建てられたばかりといったような立派で綺麗な建物だったけれど、中へ入ってみると、チェックインカウンターやそこからゲートのある階へ移動するエスカレーターなど、ここが以前の国際線のターミナルだったという面影がかすかにあった。十年前に一度来たきりだったけれど、何故か覚えていた。

この空港が、わたしの知っている昔のままの時代を感じさせるものであって欲しいという思いと、大きくて明るて清潔な空港を心地よいと感じる気持ちが入り混じる。

結局のところ、わたしがどちらがいい、なんてことには微塵《みじん》も関係なく、時は移りゆく。起こることがただ起こって変化していく。自分の外側のことをコントロールすることなんて絶対に不可能なんだって、この島の変わりようを見ていたら思う。

まだ、何もわからないけれど、わたしはわたしのできることをやっていこう、素直にそう思った。

この空港に降り立った時とは全く違う自分、いや、そうじゃなくて、最初から自分の中にいた自分が、この旅のおかげでようやく表に出てきたような感じがした。

探し物の在り処

小さな小さな心の変化が集まって、人生が動き始める

バリ島から帰ってきた次の日、それは異動になってから初めて出社する日だった。気分上々というわけにはいかないけれど、ただ、この変化を前向きに受け止めることはできていた。その気持ちを反映してか、今日は、明るいパステルイエローの薄手のセーターを選んだ。

もしバリ島へ行ってなかったら、わたしの頭は上司や会社への恨みでいっぱいだっただろう。自分が播《ま》いた種とはいえ、なんでわたしがこんな仕事しなきゃいけないの？　こんな目に遭わなきゃいけないの？　不満だらけで最悪の気分で電車に乗っていたに違いない。

でもわたしは、このぎゅうぎゅう詰めの満員電車でさえ、どうにか楽しもうとしていた。

「つまらない日常だったとしても、その中でちょっとした幸せや楽しいことを見つけるように」

というアグンの言葉を手帳にメモし、毎朝見て忘れないようにしようと思った。

バリから帰ってきて、非日常から日常に戻り、いつものように、中目黒駅から日比谷線に乗る。中目黒が始発駅ではあるが、この時間帯に座れることはめったにない。

この車両に乗っている人は何人くらいなんだろう？

そんなことを考えた時点で、いつもと違う思考回路になっていることに気づく。

そんな風に、満員電車に興味を持つなんてことは、これまでの十年間、一度もなかったことだ。満員電車と言えば、窮屈でつらいもの、できるだけ乗りたくないけど、でも乗らなくてはいけないもの、とにかく嫌で避けたいもの、という風にしか考えたことがなかった。

右側に目をやると、乗降ドアのところに、オフホワイトのワンピースに低めのヒールのパンプスを履き、きちんとメイクをして肩の下まである髪を整えた女性が、スマホを見ながら立っていた。

朝何時くらいに起きて、身支度をしているのだろう？　毎日こんなに綺麗に整えているのかしら？　化粧品はどこのメーカーを使っているんだろう？　どこで降りるのかしら？　どんな仕事をしているのかしら？

そんな風に考え始めると、全く知らないその人が、ドラマの主人公のように動きを持って、架空のストーリーの中を生き始めた。そのストーリーの中では、彼女は弁護士事務所で働くパラリーガルで、今日も膨大な書類と向き合うのだった。

そんなことを考えていたら、通勤時間はいつもの半分くらいに感じた。時間の流れというのはほんとうに不思議だと思う。

時間の流れの速さというのは、もしかすると自分が決めているのかもしれない。


駅から会社への道には、短いながら桜並木がある。三月下旬のこの時期、花はまだ咲いていないけれど、蕾《つぼみ》がずいぶんと膨らんでいた。そして、耳をすませば木の葉が風に揺れる音や鳥の声が聞こえてきた。

風を感じ、美しい鳥の声に耳を傾けると、心地よかった。まだ少し肌寒いけれど、寒すぎるわけでもない程よい冷たさの空気が、わたしの気持ちを新しくしてくれた。

バリ島でも感じた自然の中の美しさや心地よさが、ここ東京にもちゃんとあったのだった。そこは通い慣れた通勤路であるはずなのに、全く新しい光あふれる世界にいるかのように感じられた。

今までのわたしだったら見過ごしていたことばかりだ。バリ島での記憶が、東京でも美しい自然を感じる手助けをしてくれている。

アグンに言われたように、ちょっとした幸せや楽しいことを見つけること、どんな仕事もめいっぱい楽しんでやること、とにかくまずはそれを心がけよう、それをやったとしても何の損もないんだしとにかくやってみよう、と素直に思えている自分がいた。

総務部で配属された先は広報課で、わたしに与えられた仕事は、社内報を作ることだった。社内の各部署を回ってそれぞれの仕事を紹介する記事を作成したり、今月注目の人にインタビューした記事を作成したりする。決算期には会社の財務状況、新年度には会社の方針を掲載したりして、十二ページほどの薄い冊子を毎月作り、社内へ配布するのだ。

これまで、社外を相手に直接売り上げに関わる仕事していたのと比べると、地味さは否めない。総務部広報課というのは社内でも地味な位置付けというのがみんなの共通の認識だったし、実際わたしも、営業部にいた頃は広報課が何をしているのか詳しく知っていたわけではなかった。そしてこれまでは気が向いた時にしか社内報もちゃんと読んではいなかった。

わたしに仕事を教えてくれることになったのは、長谷川さんという女性の上司だった。長谷川さんは、以前営業部にインタビューに来た時に少しだけ話したことがあり、顔見知りだったのでちょっとほっとした。

「少し前まで浜田さんという女性がいたんだけど、産休に入ってしまってから、社内報を作るチームはわたしだけになってしまっていたので、谷口さんが来てくれてとても助かるわ」

と言ってくれて、歓迎されているようでよかったと思った。

わたしがどうして異動になったのかたぶん知っているのだろうけど、そのことに全く触れないで普通に接してくれたのがとてもありがたかった。

最初は覚えることも多く、あっという間に時間は過ぎていった。

社内報を作っていると、今まで知らなかった会社の一面が見えてくる。社内報は、当然ながら、今この部署でこの人がこんな仕事をして頑張っている、とか、このプロジェクトがこんな風に社会の役に立っている、とか、会社のいい部分、輝いている部分にスポットを当てて作られる。

例えば営業部にいた頃、隣の海外事業部でインドの自動車メーカーと取引をしていたのは知っていたけれど、そこで新製品のための鋼材調達に、自分の会社が大きな役割を果たしていた、なんていう細かいところまでは知らなかった。

過去の社内報を読んだり、今後の企画を考えたりしていると、この会社もそんなに悪くないな、と思えることが多くなってきた。

今まで見えていなかったことに気づくようになり、大きな視点から会社を捉えられるようになってきた。わたしは、これまで社内報をちゃんと読んでいなかったことを少し後悔した。

会社や社員の魅力に気づくうちに、その魅力をどうしたらよりよく伝えられるだろう、読む人に興味を持ってもらえるだろうと、自分なりに試行錯誤しながら誌面を作ろうとするようになり、どんどん仕事が楽しくなってきた。

それまでの社内報は、会社が創立して以来変わらない古いフォーマットを使っていて、表紙も、社内や社員の写真で構成された代わり映えしないものだったが、まずは見た目からも興味を持ってもらおうと、表紙をイラストに変えて発注することにした。

半年くらい前にインスタで、女性と花をテーマにしたイラストをアップしているアカウントを偶然見つけて、素敵だなと思ってフォローしていたのだけど、こんなイラストが表紙だったら目を引くだろうなと思って、その方へダイレクトメールを送ってみたのだった。

Shizuという名前のアカウントで、わたしはプロのイラストレーターだと思っていたのだけれど、イラストが本業ではなく、介護士の仕事の傍ら趣味でイラストを描いているとのことだった。企業からの発注は初めてだったそうで、とても喜んでくれた。毎月、季節の花をバックに、働く女性をモデルにしたイラストをお願いした。

鉄鋼商社とは真逆のイメージかもしれないけど、いつも無機質な硬い鉄と向き合っている男性社員にもすごく好評だった。

「今まで、社内報を改革しようとした人はわたしの知る限りいなかったから、谷口さんが新しい風を吹き込んでくれて感謝してるわ」

と、長谷川さんは手放しで褒めてくれた。

そして、社内で会う人会う人に、「あの社内報作ってるの谷口さんなの？」と認識してもらえることが多くなってきた。

そんな風に、とてもいい流れができ始めたと自分でも感じ取れるようになるにつれ、取材に行く先々の部署でとても歓迎されよくしてもらえたり、時には取材先の部署の飲み会に誘われて、出会いが広がったり楽しい時間が持てたり、毎日充実していていい感じだと思えることが増えてきた。

取材を受ける側にとっては、社内報に関わることは、言ってみれば本来の自分の仕事外のものだから、面倒がられることが多いと聞いていたのだけれど、こちらが、純粋に知りたいという興味を持っていたり、いい面を引き出そうという思いを持っているのが伝わるからか、好意的に対応してくれる人が多かった。

以前のわたしからは信じられないけれど、わたしは会社をずいぶん好きになり始めていたし、仕事にやりがいも感じていた。以前は早く一日が終わらないかなと感じていたのがなくなり、寝る前に今日はこんないいことがあってよかった、こんな風に充実していたというように振り返りながら眠りにつくことが多くなってきた。

この頃には、満員電車も心から楽しめる時間になっていた。人間観察だけではなく、中目黒駅を出てすぐに電車が地下に潜るまでのわずかな時間で外に見える景色を楽しんだり、最近知ったカナダの短篇小説家の本を読んだり、テレビで見たアカペラグループの歌をダウンロードして聴いてみたり、電車の中でも楽しめることはいくらでもあった。

目を閉じて音楽を無心に聴いていたら、周りにあるものは消えて無くなり、そこは、コンサートホールに変身するのだった。

そう、自分が通勤も仕事も楽しみ始めると、ほんとうに毎日は彩りにあふれた活気のあるものになっていったのだった。

「現実は、自分の思った通りになっているんだよ」

というアグンの言葉はほんとうだったのだ、ということがじわじわとわかってきた。


仕事がなんだかいい感じで進んでいくようになったら、私生活も充実してきた。

ある日いつもより少し早く起きて、前から行ってみたいと思っていたカフェで朝食を摂ることにした。これまでだったら一分でも長く寝ていたい、仕事の前に別のところに寄るなんて面倒でしかない、と思っていたので大きな変化だった。

グルテンフリーのパンとケーキで有名なお店だ。グルテンフリーも、ヨガの真由子先生が、腸にいいので実践していると聞いて、前から興味はあったのだけれど、ずっとその気持ちを放置してしまっていた。

米粉で作られたイチゴのロールケーキを食べてみたら、独特のもっちり感とそれでいてあっさりした感じがとても気に入った。これが身体に合っているのか、いいことなのか、とか、一回ではわかるはずもない。でも、ただ美味しいとか、いい感じがするっていう自分の感覚を大事にしたいと思った。

こうしたことはすごく小さなことかもしれない。だけど、そういう小さな小さな心の変化が集まって、なんだか生活全体に生気のようなものが流れ始めてきたと感じていた。

嫌な人は、自分が嫌だと思っている限り、嫌な人

総務部広報課に異動になり、三、四ヶ月が経とうとしていた時、以前わたしが所属していた営業部へ取材に行くことになった。〝今輝いている女性〟というテーマで、営業部に誰を取材するのがいいか打診してみたところ、「高岡さんはどうか」という話になり、高岡さんを取材することになったのだった。

それを聞いたわたしは、憂鬱な気分になった。

「谷口さんは営業部には要らないわ」

とハッキリと言われた過去のあの瞬間が何度もフラッシュバックして、心が緊張する

のを感じた。

バリ島から帰ってきて広報課で仕事をするようになってから、久しぶりに感じる嫌な気分だった。

そもそも高岡さんは、どこの会社にでもいるお局《つぼね》的存在で、わたしがちょっとでも有休を取ろうとしたら、根掘り葉掘り理由を聞いてきたり、とにかくなんでも自分の思い通りに進めないと気が済まないというような人だったので、仕事で接する時はとても気を遣っていた。先輩だったので逆らわないようにしていたが、とにかく、社内で苦手な人ナンバーワンであり、関わると嫌な気分にしかならないので、できるだけ関わらないようにしていたのだった。

せっかくいい感じで仕事に慣れてきたのに、この取材が決まってからはどうしてもモヤモヤした気分を拭《ぬぐ》い去ることができなかった。


取材が翌日に迫ったその日、わたしはひとりではどうしてもモヤモヤを拭い去れなかったので、アグンにメールしてみた。バリ島最後のあの日、空港でメッセージアプリのワッツアップの連絡先を教えてくれ、何かあったら連絡していいからと言ってくれていたのだった。読み書きも日本語で大丈夫だからって言っていた。

「お久しぶり、お元気ですか？　由布子ですが、覚えていますか？　あれから、教えてもらった通りに毎日前向きに楽しむようにしていたら、仕事もとてもいい感じになってきました」

時差も一時間しかないからか、すぐに返事が返ってきた。

「お久しぶり！　こちらは相変わらず元気にやっています。それはよかったよ。僕の言ったことほんとうだったでしょう？」

「でも明日、ものすごく嫌な人と一緒に仕事をしなければいけないことになってしまって、どうしたらいいのかわからなくて……」

「大丈夫だよ、以前の由布子さんだったら、その人が嫌だなって思うだけだったでしょう。でも今は、この状況をどう捉えたらもっとよくなるのか、ちゃんと考え始めている。すごく成長していると思うよ」

「たしかにそうね、ありがとう」

「嫌な人はね、自分が嫌だなって思う限りは変わらないんだ。だって、自分の思う通りになっていくんだからね」

「でも、嫌いなんだから仕方ないわ」

「うん、嫌いなのは仕方がない。好きになる必要はないよ。でも、誰にでも嫌なところと、いいところがあるでしょう？　だから、その人のいい面を知ろうと自分からしてみて。それと、その人がいてくれたおかげで自分が成長できたこととか、何かない？」

いい面か……。高岡さんがいたから、営業部がピリッと締まっていたという一面はあるし、高岡さんが厳しいから、自分も仕事を頑張ったという面もあって、そのおかげでお客さんに喜んでもらえたりとか、新しい繋がりができたりとか、面倒なことを先延ばしにしないで、キッチリやるようになったとか、そういうこともあったなと思う。

それに、やっぱり今回の社内報の取材対象に選ばれるだけあって、仕事は誰よりもできる人だった。

「そう言われてみると、高岡さんにいいところがないわけじゃないし、わたしにとっていいことが全くなかったわけじゃないわね」

「うん、そうでしょ。嫌だ嫌だって思い続けても、何も変わらないし、自分にとっていいことはひとつもないんだ。だから、自分のためにも、ちょっと今までとは別の方向から考えてみて。そうしたら、びっくりするようなことが起こるから」

ほんとうかなあ、と思いつつも、これまでアグンの言うことはいつもほんとうだったし、ほんとうだったらいいなと思った。

わたしはこの時点ですでに、「高岡さんが嫌だなあ」という思いより、今回、アグンから教えてもらったことを実践し、それがほんとうなのか確認するチャンスだということにワクワクすることができていた。

営業部にいた頃は、明日あの人の顔を見るだけでも憂鬱だとしか思えなかったけれど、ただ、自分の視点や考え方を少し変えただけで、同じ人に会うのであってもこんな気持ちになれるということはほんとうに驚きだった。

次の日、怖いし嫌な人だったけど、やっぱり仕事という面では頼りになる人だったな、とか、そんなことを考えながら営業部へ行くと、営業部の入り口付近の廊下で、高岡さんが丸川さんという男性社員と立ち話をしていた。

遠くからその姿を見ただけで、わたしは緊張してしまい、一瞬立ち止まる。でもここですぐに、昨日のアグンとのメールでの会話を思い出した。

そう、高岡さんは仕事に対して厳しかっただけで、別に悪い人ではないんだった。

そうやって、自分の中の意識を変えただけで、少し気持ちが落ち着いた。

その時、

「あら、谷口さん、お久しぶり！　今日はよろしくね、ゆっくりしていって」

と、高岡さんが向こうから明るく声をかけてきたのだった。わたしの知っている高岡さんとはまるで別人のようだった。

それはもしかしたら、ただわたしが同じ営業部の人間でなくなったから、お客様扱いしてくれただけかもしれなかったけれど、わたしの中での高岡さん像が、嫌な人、苦手な人、というだけではなくなったから変化したんだと思えた。

そう思うとずいぶんと気楽になり、その日の取材は和やかに進んでいった。

取材の中で高岡さんは、商社マンだった父親の影響で商社を選んだこと、父はとても厳しい人だったけれど、今は自分の仕事ぶりを認めてくれていること。わたしたちが流通に関わった鋼材が実際に社会で役に立っているのを目にした時に仕事にやりがいを感じるということ、何があっても、自分にもお客様にも納得のいく仕事を心がけていることなど、仕事に対する思いをたくさん語ってくれた。

わたしとは生き方も、営業という仕事に対する考え方も違うけれど、高岡さんが大切にしていることを聞くことができて、高岡さんが仕事に対して厳しい理由がわかった気がした。

その人が幸せなのか、不幸せなのか。

それは、その人自身にしかわからない

異動から半年ほど経ったところで、取材から、誌面作成から入稿まで、一通りのことはできるようになった。

途中、金沢支店でやっているプロジェクトを取材にすることになり、金沢へ一泊二日の出張へ行くことになった。少し前に、ヨガ教室で知り合った友達の沙夜が彼氏と金沢に行ってきたとかで、旅館が素敵だったとか、東京では考えられない値段でとても美味しいお寿司が食べられたとか、たくさん話を聞かせてくれた。その時、わたしも行ってみたいなという思いが湧き上がってきたのだった。

そうしたらその二週間後、この出張の話が出てきて、びっくりした。

アグンが、願いは叶うようにできているんだよ、と言ってたのを思い出して、また少し、そのことを信じる度合いが高くなった。

一泊二日だったたし、基本は仕事だったので時間はあまりなかったけれど、二日目の午後に少し時間が取れたので、少し足を延ばして白山比咩《しらやまひめ》神社へお詣りに行った。出張前に、金沢のことを調べようとネットサーフィンをしていた時に、北陸最大級のパワースポットとして紹介されていて、行ってみたいと思ったのだった。

お正月に初詣に神社に行くし、その他にも時々神社に行く機会はある。でも、特別に神社に行きたいなんて衝動のようなものを感じたことはあまりなかったので、どうしてこんな風に思うのか少し不思議だった。

もちろん、インターネットで見たページがきっかけではあるけれど、いくらネットで見たって、そこへ行こうとまで心が動かされないことだってある、というか、そのほうが圧倒的に多い。それなのに、今回に限ってこんなにも行きたいという心からその想いが湧き上がってくるのは何故か、自分では説明ができないし、自分で選んでいるのではないような気さえする。

タクシーの運転手さんが、「ナビだと裏に行っちゃうんだけど、こっちが表参道だよ」と行って連れてきてくれたところには、それ自体が大きな乗り物のような青々と木木が茂る小山の麓に、立派な鳥居が立っていた。そこを一礼してくぐると境内へと延びる緩やかな坂道になる。坂道は、その先がどうなっているのかよく見えず、永遠に続いているかのようだった。登り切った先に、こじんまりとはしているがとても凜とした荘厳さを感じさせる本殿があった。そして奥には美しい水を湛える禊場があり、その水の中へ入ることはできなかったものの、清涼感にあふれ心が洗われる感じがした。境内に禊場がある神社はとても珍しいらしい。

初夏の暑い日だったけれど、神社の空気はひんやりとして心地よかった。

わたしは願いが叶って金沢に来ることができたことに非常に感謝していたので、とても穏やかな気持ちでお詣りすることができた。

参拝したあと、白い蝶がひらひらと飛んでいた。まるでわたしを先導してくれるかのように、本殿からの帰り道、わたしの目の前を美しく舞っていた。

金沢から東京に帰って最初のヨガ教室に沙夜も来ていたので、終わったあと一緒にご飯へ行った。そこで金沢へ行ったことを報告した時、その蝶の話もしたのだけど、沙夜は、

「それはこれから幸運が舞い込んでくるっていうサインだよ。それにね、なんとなく神社に行きたくなるとかって、その神社の神様に呼ばれているんだって」

と言って、とてもテンションがあがっていた。わたしはそういうことには疎かったけれど、幸運のサインと言われて悪い気はしなかった。

わたしが思ったのは、バリに行ったらヒンズー教の寺院に行き、日本では神社に行くことに何の違和感もないのは、日本人の特権だなあ、ということだった。

望んでいた異動ではなかったものの、この頃には、わたしは営業よりこの仕事のほうが向いていると思えるようになっていた。

異動になった時は、わたし自身から見ても周りから見ても、「可哀想なわたし」だったのかもしれない。でも、今のわたしは全然可哀想じゃなかったし、この出来事に感謝さえしていた。もちろん、今だって周りはどう思っているかはわからないけれど、自分が楽しく満足しているのであれば、人にどう思われるかなんていうことはほんとうに些細なことだと思えるようになってきていた。

その人が幸せなのか不幸せなのか、それは、ほんとうにその人だけにしかわからない。そして、幸せなのか不幸せなのかは、環境ではなくて、その環境の中でその人がどう毎日に取り組むかで決まってくるんだって、身をもって体験していた。

わたしの中でふたりの自分がはっきりと存在し、勢力争いを繰り広げていた

そんな風に、会社での仕事が充実してきた頃だった。矢田くんからまた連絡があったのは。

その日家に帰る途中、

「今、東京に来ています！　今週いっぱいいるんですが、どこかで会えませんか？　ちょっと相談したいことがあって」

というメッセージが入ってきたのだった。

矢田くんの相談したいことが何なのか、全く見当はつかなかったが、バリで会った時、矢田くんと話しただけでとても元気がもらえたのを思い出して、是非また会いたいと思った。

「木曜の夜はどう？　会社の近くに美味しいタイ料理屋さんができて、行ってみたいと

思ってたから」

「タイ料理いいですね！　僕も大好きです。じゃあ、木曜日の十九時にそこで」

日本で会った矢田くんはスーツを着ていたので、ちょっと印象が違った。今回は、日本のスタッフとの打ち合わせのために、一時帰国しているらしい。

タイ料理は、自分では作れないけど大好きな食べ物のうちのひとつだった。辛さの中にある酸味が、日本人に合うのではないかというのがわたしなりの分析だった。寿司に使われている酢と同じような感覚を呼び起こすのかもしれない。

ソムタム（青パパイヤのサラダ）やトムヤムクンやプーパッポンカリー（蟹《かに》と卵のカレー）を注文した。

「どうですか、新しい部署は？」

「今、社内報を作る仕事をしてるんだけど、わたし、営業より向いてるみたいで、ずいぶん仕事が楽しくなってきたんだよね。営業部にいた時は、数字を上げなきゃってプレッシャーもあったし。だけど、数字が上がったからといって喜びとかは感じなかったんだよね。もちろん、自分が頑張って、取引先の役に立てたなっていう時は嬉しかったりもしたんだけど、やっぱりそもそも営業は向いてなかったのかなって思う。今は、地味な仕事かもしれないけど、こうしたらもっと社内報をみんなに読んでもらえるかもとか、この会社の魅力をもっと引き出したいとか思いながらやっていると、ほんとうに楽しいし、一日があっという間に過ぎていくんだよねえ」

「なんか、わかります。もちろん、売り上げも大事ですけど、お金だけじゃやっぱり仕事は楽しくないですよね。僕も自分で仕事を始めて、いかに自分がやりたいことを形にできるかがやっぱり一番大事だなって思いますよ。それで、売り上げっていう結果が出たとしても、出なかったとしても、自分が興味があったりやりたいなって思うことを追求していくこと自体が意味あることだなって」

「うん、やっぱり、喜びをもって仕事するってほんとうに大事だよね。今じゃもう、広報に異動になったことを感謝さえしてるんだ。ところで、相談って何なの？」

「実は今度、うちのネットショップで、オリジナルの子供服を作って売っていきたいって思っていて。それで、谷口さんが、前に親戚へのプレゼントで子供服を作っていた写真を見せてもらったのを思い出して」

従姉妹《いとこ》の利恵姉ちゃんの娘の美優ちゃんの三歳の誕生日のプレゼントに作ったワンピースのことだった。その時は、ちょっと日本では売っていないような鮮やかな色合いのアメリカのブランドの子供服を参考にして作ったら、ものすごく喜んでくれて、何かにつけてその服を着てくれたみたいで、美優ちゃんがその服を着ている写真をよく送ってくれていた。

その時は恐らく何かの話の流れでちょっとその写真を矢田くんに見せただけだったと思う。わたし自身、はっきりと覚えていなかったけれど、矢田くんがそのことを覚えていたのはとっても意外だった。

「それで、谷口さん、うちの会社で働きませんか？　小さな会社なので、デザインだけでなく、制作管理や販売・在庫管理までいろいろやってもらわないといけないことになるんですが、僕、短い間とはいえ、谷口さんと会社で一緒に働いて、谷口さんならできると思うんです」

それはとても意外な相談だった。

だって、服を作ったことも習ったこともあるけれど、これまでそれを仕事としてやろうとも、やっていけるとも思ったことがなかった。

今この時点で、わたしにその仕事が務まるのかは全くわからなかったけれど、ものすごく興味を惹かれた。純粋にやってみたいという思いが湧き上がってきた。

「なんだか、この間谷口さんとバリで会ったのも偶然だと思えないんですよねえ。それで、子供服部門を立ち上げたいっていうのは前から思ってたんですが、それを本格的に考え始めてから谷口さんのことが頭から離れなくて。もちろん、今いる大手の会社と僕の会社じゃ比べ物になりませんから、ゆっくり考えてもらって大丈夫です。給料も、今の会社と同じ水準では出せないですし」

「びっくりしたけど、すごく、やってみたいなって思うわ。今はほとんど作らないけど、わたし、服を作るの大好きだしね。でもどうして？　わたし、服は作れると思うけど、仕事としてやったことなんてないし……」

「それは、すごく説明が難しいんですが。勘っていうか、フィーリングってあるじゃないですか？　能力ももちろん大事だけど、やっぱり、一緒に仕事したいって思う人とやるのが一番だと思ってるんですよ。僕、自分自身の勘には何度も助けられているんです。前に会社辞めてニュージーランドへ行った時も、ほとんど勘だけだったんですが、それが自分の人生を一歩進めてくれたんですよね」

「勘か……。わたしも、ちゃんとした理屈ばかりは好きじゃないから、それはわかる気はするわ」

会社で何かやろうとすると、どうしても、エビデンスは？　それがどう利益に繋がるの？　みたいな話になるけど、わたしはそれがとても苦手だった。やってみなければわからないことはたくさんあるし、思ってもみないような結果になることだってあるといつも思っていたのだった。

「それに、わたしならできるってそう思ってくれるのはとっても嬉しいわ。でも、わたし、こどももいないのに、子供服作っていいのかしら？」

「いなきゃ子供服が作れないなんて誰が決めたんですか？　誰でも子供時代ってあったわけだし、順番なんてどっちでもいいんですよ。大事なのは、何がしたいかってことですよ。そうやって、自分のやりたいことや才能を制限しなくても僕はいいって思ってますよ。順番が違うだけで、将来子供ができたらこの経験が役に立ちますよ」

たしかにそうだなって思った。子供時代だったら誰にでもある。

「有名ブランドのデザイナーって大抵男性じゃないですか」

「それもそうね。少し時間をちょうだい。前向きに考えてみるから」

考えてもみない提案だったので、即答はできなかったけれど、理屈抜きで、この仕事をやってみたいと心から湧き上がるものを感じた。


帰り道、冷静に考えると、この安定した職場を手放していいのか、とか、せっかく仕事が楽しくなってきたし、このまま続けていくのもいいんじゃないかとか、そんな思いも頭の中をぐるぐると巡った。

矢田くんからの誘いに新しい自分の道がそこにあると感じている自分と、そこへ踏み出すことを制する自分と、ふたりの自分がせめぎ合っていた。

心では、この話の先に希望ある未来が待っていることを信じることができているのに、思考はそれに待ったをかけていた。わたしの中でふたりの自分がはっきりと存在し、勢力争いを繰り広げていた。

その日は、九月にしては肌寒い日で、外の空気は少し乾いていた。煌《きら》びやかなビルの間を歩きながら、ふと、空を見上げた。

そこには、雲ひとつない空に、大きな大きな満月が輝いていた。その満月は、バリ島で見た満月と同じ輝きを放っていた。

スマホで、その満月の写真を撮る。スマホだから、月がそれほど美しく撮れるわけではないのだけれど、とても印象的な満月だったので、すぐにFacebookにあげておいた。

すると、「中秋の名月、綺麗ですね」とそれを見た真由子先生からコメントが入った。

そうか、今日は中秋の名月だったのか。

その満月の光を少しでも長く浴びたかったので、最寄駅よりひと駅遠い駅まで、ゆっくり歩くことにした。

その夜寝る前に、すぐにまたアグンにメールしてみた。

「バリで、会社の後輩に会った話をしたと思うんだけど、その人から、一緒に仕事しないかって誘われたの。子供服を作る仕事よ」

「その仕事、純粋に由布子さんはやってみたいって思った?」

「うん、それは思ったわ。でも、わたしにできるのか自信はないけど……」

「あの時マンクーが言ってた『もしかすると、すでに知っている人かもしれないな』と言っていた人はその人だったんですね!」

「あ、そういえばそんなこと言ってたね。でも、すごくいいなって思うけど、正直、今の職場も悪くないなって思えてきてるし、安定した会社だし、手放していいのかなっていう思いもあるのよね。それに、自分自身、服を作る仕事をほんとうにやっていけるのかもわからないし」

「あのね、次のステージへと移っていけるのは、今やっていることがいい感じになっている時なんだ。だって、今の自分が仕事が辛い、嫌だっていうことばっかり考えてたら、嫌なことや辛いことしかやってこないよ。自分の思う通りの現実を経験するんだから。

でも今、由布子さんは、仕事を楽しみ始めたでしょ。だから、もっと楽しい仕事がやってきたんだよ。ほんと、この世って思う通りにできているよね！」

最近、アグンの言うことが自分の実体験として少しずつわかりかけてきていた。わたしが会社や仕事に対する意識を変えたら、ほんとうにわたしにとっての会社も仕事も変わってきたのだから。

「もちろん、決めるのは僕じゃなくて由布子さんだけどね。でもあの時、僕があとで意味がわかるよって言った通りになったね！」

アグンの言葉に、心はだいぶ傾いてきた。親が安心するからでもなく、安定しているからでもなく、世間体がいいからでもない。そうではなくて、ただ自分がやってみたいって心から思える仕事の話。

それが、向こうからやって来たのだから、それに乗らない手はないのではないか。

「先のことなんて何もわからなくていいんだ」

バリの最後にアグンが言っていた言葉を思い出しながら、その日は眠りについた。

その日見た夢に、同じ会社の知子さんが出てきた。知子さんは、システム部で働いており、三ヶ月ほど前に社内報の取材で知り合った。うちの会社に来る前は、スマホのアプリ開発をする会社で働いていたと言っていた。

そんな知子さんとわたしが、中目黒にできたスターバックスリザーブロースタリーの四階で向き合って座っていた。実際に一度だけ行ったことのあるその場所は、店の中にコーヒー豆を焙煎する設備や、そのコーヒー豆を貯蔵する作りたての十円玉のような輝きを放つ巨大なタワーが店の真ん中にドンとあり、別の世界に迷い込んだような場所だけれど、夢の中では、店員さんが派手なピエロのような服を着ていたり、その巨大な塔の真ん中に大きな時計がついていて、その針がクルクル回っていたりして、ますますワンダーランドの様相を呈していた。

知子さんが、新しいアプリを開発したの、と言ってわたしに画面を見せる。

その画面には、「やりたいの?」というボタンと、「やりたくないの?」っていうボタンがふたつ並んでいた。

「由布子さん、自分の心のままに、好きなほうのボタンを押して。どっちを押しても、大丈夫だよ」

そう言って、知子さんは笑っていた。

そして、わたしがスマホに手を伸ばしかけたところで目が覚めた。

そこは、何でも願いが叶う魔法の場所だった

次の日の朝、会社へ行こうと準備していたら、実家の母からＬＩＮＥが入ってきた。

こんな時間に連絡が来るのは、おばあちゃんの件しかないな、と思ったら、やっぱりそうで、三ヶ月前から入院していた母方のおばあちゃんの容体が昨日の夜急変して亡くなったという知らせだった。

「今日お通夜、明日お葬式に決まったんだけど、帰ってこられる？」

「もちろん、すぐ帰るわ」

そう返事して、すぐに会社に忌引きで休む旨の連絡を入れ、その足で品川駅に向かい、新幹線に乗った。ちょうど金曜日だったこともあって、一日休めば土日だったのはよかった。

父とは、あのバリ島でのＬＩＮＥのやりとり以来だったので、会うのは気が重かった

が、会わないわけにもいかない。

お昼前には、京都に近い大阪にあるおばあちゃんの家に到着した。父も母も、そして妹の陽子もすでに到着していた。

もうひとり、一番下の妹である祥子も、今日中には着くそうだ。祥子は、二年前に香港人と結婚して香港に住んでいる。今朝すぐに飛行機を手配したら、夕方の便が取れたということで、今日のお通夜には間に合わないが、明日の葬儀には間に合うとのことだった。

おばあちゃんの家の玄関の白いドアを開ける。

そこは、実際にはおじいちゃんとおばあちゃんの住む家だったけれど、わたしは小さな頃からずっと「おばあちゃんの家」と呼んでいた。そして、おばあちゃんの匂いのする家だった。

高度経済成長の恩恵を受けた立派なコンクリート造りの一軒家で、庭もとても立派なものだった。内装も外装もリフォームを重ねて少しずつ変わってきたのだけど、この匂いだけは、昔と全く変わらない。家の素材の匂いなのか、何の匂いなのかはわからないけれど、小さい頃からわたしの大好きな匂いだった。

おばあちゃんは、わたしにこんな話をしてくれた。

「おばあちゃんがこの家に住んでいるのはね、このおうちの前の道にある楠《くすのき》に、とっても強い繋がりを感じたからなんだよ。

おばあちゃんは、おじいちゃんと結婚してから、この町の隣町に住んでいたんだけど、この町の歯医者さんに通ってたから、よくこの道を通ってたんだよ。それで、この道を通る度にね、あの木が、おばあちゃんを呼んでいるような気がしたんだよ。

おばあちゃんは、木とお話ができるの。おばあちゃんがこの木のそばに行くとね、木がとっても喜んでいるのがわかったんだよ。だから、いつもここを通るのが楽しみだったし、この木のすぐ近くに住めたらなんて素敵だろう、って思ってたんだよ。

そしたら、しばらくしたら、おじいちゃんがこの家を買ってくれたんだよ。この木のことなんて、おじいちゃんには一言も言ってなかったのにねえ。あの時は、それはそれはびっくりしたよ。それ以来、おばあちゃんは毎日この木を見ることができるようになったんだよ。嬉しかったねえ」

小さかったわたしは、目を輝かせながらその話を聞いていた。

大好きなおばあちゃんの大切な木だから、わたしもその木が大好きになった。そうすると、その木がほんとうにわたしを守ってくれているような気がした。

「おばあちゃんは、この家に住み始めた頃からよく楠の落ち葉を掃除していたんだよ。葉っぱがたくさん落ちる時期はものすごい量の落ち葉だったよ。毎日とはいかないけれど、元気で時間があったら掃除してたんだ。そしたらある日ね、箒《ほうき》を持ったおじいさんが通りかかって、『いつも掃除してくれてありがとう、この箒、とっても使いやすいから是非使ってください』って箒を渡して去っていったんだ。

ここら辺の人は、みんな顔なじみだけど、おばあちゃんはそれまでその人を見たことがなかったんだ。だから、なんでその人が、おばあちゃんがいつもここを掃除しているのを知ってるのか、とっても不思議だったんだよ。

たぶん、あれは楠の精が人間になって現れたんだと思うよ。それからもう何年も経つけど、それ以来その人に一回もこの道で出会ったことないんだもの」

わたしは、今でもこの話が大好きで、そして、ほんとうにそれは楠の精だったんだと信じていた。その箒は、ほんとうにおばあちゃんの家にあったのだった。そして、わたしもおばあちゃんの家に行った時にはいつも、一緒に楠の落ち葉を掃除していた。

小さい頃のわたしは、学校の休みごとにおばあちゃんの家に行くのが楽しみで仕方なかった。おばあちゃんが大好きだったし、楠にも会えるし、行けばいつも、わたしの好きなものなら何でもひとつ、買ってもらえたから。

長女だったからか、お父さんとお母さんには、なかなかあれ買って、これ買ってって言えない子だったし、好きなものなら何でもいいよ、と言ってくれる大人はめったにいなかったから、わたしにとってそう言ってくれるおばあちゃんは特別な存在だった。

おばあちゃんは手芸の達人で、縫い物から編み物から何でもできる人だった。わたしは、おばあちゃんが作るものから目が離せなかった。そして自分も作りたくてたくさんのことを教えてもらったのだった。

リリアン編みから始まって、ある時はぬいぐるみを作りたくなり、ある時は人形の服を作りたくて仕方なかったりした。その度に、おばあちゃんは根気よく、優しく教えてくれた。そして、手芸の材料も本もたくさん買ってくれたのだった。

本も本屋さんの手芸コーナーに行くとたくさんあるから迷うんだけど、おばあちゃんはいつも、「ひとつでも自分の作りたいものがあったら買っていいんだよ」と言ってくれた。わたしは幼いながら、費用対効果的なことを考えてしまうこどもだったので、この言葉はとても衝撃で、そして、とっても気がラクになったのを今でもはっきりと覚えている。

わたしのこども時代の中で、おばあちゃんの家での思い出は最高にキラキラしたものだった。そして小さなわたしにとって、おばあちゃんの家は願いが叶う魔法の場所だった。

思い出の中のわたしは、いつも小学校三、四年生くらいの女の子。わたしが小学生だということは、あの頃おばあちゃんは何歳だったのだろう？　計算するとわかると思うけれど、何故か、ちゃんと確かめる必要もないように思った。

この場所ではわたしはいつまでも幼いままで、そしておばあちゃんはおばあちゃんだった。

そんなおばあちゃんも今は八十六歳。大往生と言っていい年齢だと思う。

わたしはもちろん若い頃のおばあちゃんは知らない。おばあちゃんが生まれた昭和の初め頃をわたしは知る由もないが、その時と今の日本はもう別の惑星に来たほどの違いがあるだろうと思う。

専業主婦で家を守り続けたおばあちゃんだったけれど、彼女の夫である男性、つまりわたしのおじいちゃんは、日本が高度経済成長の波に乗るのに全く同調してどんどん出世し、日本はもとより世界中で知れ渡った大企業の役員にまでなった人だった。家では柔和なおじいちゃんの企業戦士としての一面を直接知ることはなかったが、そこまで上りつめたエネルギーの源はおばあちゃんにあったに違いないって、今ならわかる。

おばあちゃんは、女性の中の女性だったのだ。

おばあちゃんは幸せだったに違いないだろうけど、そんな話をしたことがなかったのが心残りと言えば心残りかもしれない。

そんな、誰がどう見ても幸せそのものな人生を生ききったような人だったおばあちゃんが、大往生と言える年齢まで生きたことは、喜ばしいことでもあるはずだけれど、やはり、人が亡くなるということは、どうしても悲しいことだった。

わたしは、肉体は死んでも、魂は生き続けていることを、何故か小さい頃から疑いなく信じていた。それは、信じているというよりは、そう知っている、という感覚だった。もしかすると、それは記憶と呼べるものなのかもしれない。

でも、そうした思いを総動員しても、もう動かない遺体を前にするとそれはあまり役に立たなかった。

この悲しさや寂しさは、わたしの少女時代におばあちゃんがくれた優しさや眼差し、その関係性の死からくるものだと思う。

おばあちゃんは、病気になってから最後の一年はもう寝たきりだったから、もしおばあちゃんが生きていたとしても、その時の関係は戻ってこない。わたしだって、身体は生きているけれどあの時のわたしはもういない。おばあちゃんとの思い出が一番濃い十歳頃からは、もう二十年以上経ってしまっていて、自分で欲しいものはもう何でも自分で手に入れられるくらいには成長してしまった。

そういう意味では、一瞬一瞬、どんな関係も死を迎えているのかもしれない。

おばあちゃんがわたしにしてくれたように誰かに接していくこと、おばあちゃんからもらった気持ちを次の誰かに渡していくことが、わたしにできることであり、そうする限り、わたしの中のおばあちゃんは、永遠に死なないのかもしれない。

横たわったおばあちゃんの肌が透き通るように美しかったのが、そこにいる誰もの救いになったと思う。

顔も手も足先までもとても美しかった。

おばあちゃんもこの役割を終えた肉体を上から見ているはずと、目の前の何もない空間を見つめておばあちゃんを探してみたりした。わたしには何の霊能力もないので残念ながらおばあちゃんがどこにいるのか探しあてることはできなかったけれど、おばあちゃんがそこにいることはわたしにとって疑いのない事実だった。

最後になり、火葬場で焼かれたあとのお骨がチョークのように真っ白で、収骨室の蛍光灯の光をうけて美しく光っていた。

それは、生の輝きだった。

こんなわたしではいけない、
と思っていたのは、誰よりもわたしだった

お通夜も葬儀もすべて終了したあと、その日はおばあちゃんの家の近くにある小料理屋で親戚一同で会食をすることになっていた。

叔父や叔母や従兄弟《いとこ》など、十数名があつまり、お酒も入りながらみんなそれぞれの自分の近況を語り合っていた。

みんなの話を聞きながら、わたしの番になった時に何を言おうか考えていたけど、まとまらないままだった。わたしの毎日は充実していたし楽しかったけれど、なかなかそのことを説明するのは難しいと思った。

特に、父にはどう言っても伝わらないというような諦めを感じていた。

　わたしの向かいの席で、祥子が、

「香港はほんとうに食べ物が美味しいから、みんなで一度遊びに来てください。カジュアルで安い点心のお店が、ミシュランの星付きレストランだったりするんですよ。ほんの四時間くらいで行けるし」

　という話をしていた。

　祥子は、小さい頃から自由奔放な子で、二十二歳の時にアメリカ人と最初の結婚をしている。姉二人がまだ結婚していない中、そんなことはお構いなしに、

「わたし、小学生くらいの頃から外国人と結婚するってわかってたんだ！」

と言い、ロサンゼルスへと渡った。でも、その結婚生活は二年と続かず、一旦は実家に帰ってきていたのだけれど、二年前に今度は、

「やっぱり外国人は外国人だけど、わたしにはアジア人が合ってるってわかったの」

　と言って、香港人の今の旦那さんと結婚したのだった。そして、香港に渡ってからは、香港や周辺国在住の日本人向けの結婚相談所をオープンさせ、それが軌道に乗っているらしい。

思いつきと直感だけで生きているような人生だったけれど、香港に渡ってから、結婚生活も仕事も順調なようだ。

六歳年が離れていたので、羨ましさはあまりなかったけれど、その自由な姿にわたしはいつもハラハラしたし、同時にモヤモヤしていた。

そして、父も母も祥子には甘いのがいつも不満だった。

「ちゃんと勉強して、立派な社会人になれ」と、口ではっきり言われたというわけではないにしても、わたしは、いつもそのプレッシャーを感じていたし、その期待に応えたいと思っていた。

でも、祥子は小さい頃から好きなことしかしていないように見えたし、それで、父と母ともうまくやっていた。

父と母が何も言わないので、かわりに、

「そんな、何も考えずに思いつきでフラフラしてたらだめよ」

と祥子に小言を言ったこともあった。

でも、今なら少しわかる。祥子のやることなすことにモヤモヤするのは、わたしも、わたしの心のままに生きたいってどこかで思っていたからだった。そして、それを自分が自分で押さえ込んでいたからだったって。

わたしの番は回ってこなくてもいいや、と思ったものの、そういうわけにもいかず、

「由布子ちゃんは最近どうなの？」

と叔母の佳子さんが言う。

まだ頭の中がまとまっていない中、思わず出て来たのは、

「前に会社で一緒だった友人がやっている子供用品を扱っている会社で子供服を作ることになったから、会社を辞めるわ」

と、いう言葉だった。

まさか、その時その場で言うつもりは全くなかったのだけれど、言葉が自分の意思に反して勝手に口から出て来てしまったというような感じだった。

わたしも含め、そこにいる誰もが予想しなかった言葉が出て来たからか、一瞬その場の空気が固まった。

おそらく二、三秒の時間だったと思うけれど、それは一分にも二分にも感じられた。

父も母もびっくりして大反対するかもしれない、なんで言っちゃったんだろ……と思ったその時、

「そうか、お前がそう決めたのなら頑張れ」

父がこちらをちらっと見てそう一言だけ発したので、拍子抜けした。わたしが就職する当時は、娘がいい会社に就職することにとってもこだわっていたし、喜んでいたのに、そんなことは忘れたかのようだった。それに、数ヶ月前、バリ島にいるわたしを追っかけてまで、ＬＩＮＥで頭ごなしに否定してきたのは父ではなかったか？

その時、もしかしたら、いい会社にこだわっていたのは父と母ではなくて自分だったのだろうか？　という思いが浮かんできた。そうしたら父と母が喜んでくれるに違いないって、そう思っていたのは自分かもしれない。

自分がどういう仕事をしたいのか、どういう風に生きていきたいのか、それに向き合うこともせず、いい会社に就職したらとりあえず間違いがないって決めて、その道を選択していたのはわたしだったのか……。

そして、自分を否定していたのもわたしかもしれない。

自分が抱いている、こんなわたしではいけない、という思いが、父からの言葉となってわたしに届いたのだ。そして今、少しではあるが、わたしはわたしを認め始めている。その変化が、父に変化をもたらしたのだって、そう思った。

父の言葉に続くように、佳子叔母さんが、

「あら、素敵ねえ。由布子ちゃんは、おばあちゃんの血を濃く引いているのか、手芸とか小さい頃からすごく上手だったもんねえ。あ、そうそう、美優ちゃんが三歳くらいだったかな？　その時にも服作ってプレゼントしてくれたよねえ。ねえ、利恵、あれ何歳だったっけ？　美優ちゃんにすごく似合ってたし、気に入ってよく着ていたわよね。きっと、おばあちゃんもあの世で喜んでいるわよ」

と言ってくれた。

「お姉ちゃん、すごい！　わたしにこどもができたら服送ってね！」

と祥子が屈託無く言う。

その時、ああ、おばあちゃんがこの場を作ってくれて、わたしがみんなに自分の道を進もうとしていることを伝える機会を与えてくれたんだな、とわかった。おばあちゃんも、わたしのことを応援してくれているんだなって。

そしてそれが、自分が心からほんとうに決めた道なら、どんな道であろうと結局周囲は応援してくれるのかもしれないと思った。

そういえば、アグンもそんなことを言ってたな、と思い出した。

お通夜と葬儀がすべて終わり、あと一日休みがあったので、家に帰る父と母と一緒に、わたしも実家に寄ることにした。陽子も祥子も一緒で、久しぶりに家族全員が揃った。実家は、おばあちゃんの家から車で一時間もかからないところにある。

その車の中で、

「お父さん、何も言わずに会社辞めること決めちゃってごめんなさい」

と素直に言葉が出てきた。

「由布子の人生だからな。お前が決めたんだったらそれでいいんだ。今までは、お前の覚悟が見えなかったから、いろいろ口出ししてしまったけど、すまなかったな」

「覚悟か……。たしかに、その感覚は今までわからなかったわ。お父さんもこれまで覚悟してきたことってあるの？」

「そりゃな。仕事を決める時、家族を持つ時、何度かあったさ。もちろんこれまでいろんなことがあったけど、自分で決めたんだったらどうなっても後悔はないと思って生きてきたよ」

その言葉で、父が祥子にこれまで何も言わなかった理由がわかったような気がした。祥子は、自分の心で決めたことを、覚悟をもってやってきたのだろう。

たとえ結果がどうなろうと、誰のせいにするわけでもなく。

結婚というのは、そこに、縁があるかどうか

車がもう少しで実家に着くという頃、ふと、美華子はどうしてるかな、と思った。

高校を出てからは、東京と大阪で離れてしまったから、頻繁には会うこともなかったけれど、それでも学生時代はわたしが帰省する度に会っていた。でもわたしは社会人になり、そして美華子は結婚し、それからどうしても疎遠になり、もうここ数年はほとんど連絡もとっていなかったのだけれど、たしか、離婚して地元に戻ってきていると、この間高校の共通の友達である瑞穂が言ってたっけな……。でも、詳しいことは何も聞いていなかったし、最近の様子も気になった。

連絡先は知っていたのでメールしてみたら、すぐに返事が来て、駅前のミスタードーナツで会うことになった。高校時代、学校の帰りによく寄って、わたしと瑞穂と美華子でドーナツとコーヒーを食べながらたわいもないことを話すのが三人のルーティーンだ

った。

あれから歳は取ったけれど、わたしたちは変わったのだろうか？　あの頃、生きることへのプレッシャーはなかったけれど、それでもただ楽しかったわけではなかったな、と思う。高校生なりに未来への希望はもちろんあったけれど、自分はどんな人と出会って、どんな人生を送るのか、先はよく見えず不安も常にあった。


美華子は大学を卒業後すぐに、銀行に勤める旦那さんとみんなが羨むような結婚して専業主婦になって、大阪に住んでいた。結婚して一年後には女の子を産み、三年後には男の子を産み、結婚生活は順風満帆に周りからは見えていたから、離婚したと聞いた時はびっくりした。

結局、実家に帰ってきたけれど、家にいたのは一時間くらいで、すぐ、美華子との待ち合わせ場所に向かう。

ミスタードーナツに到着したら、美華子はもう着いていた。

「由布子、ほんとに久しぶり、十年ぶりくらいじゃないかしら？」

美華子がとても元気そうだったので安心した。高校でも評判の美人だったが、年齢を重ねてもその美しさは変わっておらず、逆に年齢を重ねた分、内面から来る美しさとでもいうのだろうか、そういうものがさらに追加されているようだった。

もうドーナツのようなハイカロリーで甘いものはあまり好んでは食べなくなっていたけれど、今日は高校生だった頃を思い出して、ストロベリーチョコのかかったドーナツとコーヒーを注文した。

「うん、最後に会ったのは美華子の結婚式だから、ほんと十年ぶりよね」

「聞いてるかもしれないけれど、わたし、三年前に離婚したのよ」

「うん、離婚したっていうのは瑞穂から聞いたわ。美華子のところは何の問題もなさそうだったからちょっとびっくりした」

「五年ほど前かな、元旦那が、浮気してるってわかっちゃったのよ。その時、わたしちょっと甲状腺の病気も患ってたから、あの時はダブルパンチでキツかったわ……。周りは、こどももいるし、離婚までしなくても、って言う人も多かったんだけど、わたしの中で何かが目覚めちゃったというか、もう、この人じゃないんだっていうのが確信になっちゃって、結局離婚したのよ」

「そうか、それは大変だったね……」

「でも離婚してから、自分の人生ちゃんと考え始めたの。学校出てすぐに結婚して、わたしには何もないってことに気づいたのよね。もちろん、ふたりの可愛いこどもはいて、それだけが救いだったけれど、でも、これが自分の人生って呼べるものがないって。

それで、離婚してこれからどうしようかっていう時に、自然とまたカメラをやりたいって思ったの。わたしの唯一の趣味ってカメラだったからね。昔使ってたカメラを引っ張り出して、こどもの写真を撮ったりして、インスタにあげてたらね、近くの写真館のオーナーがそれを見たらしく、うちで働きませんかって仕事に誘ってくれたのよ。今はそこで、七五三とか成人式とかの写真を撮ってるわ。綺麗な写真が撮れた時のお客さんの笑顔が嬉しくて、心から楽しいって思えるんだ。それでなんとか、親子三人楽しく暮らせているから、ほんとうに感謝しているのよ」

「美華子、すごいじゃない。わたしも、今、自分の人生見つめ直しているところよ」

「由布子はちゃんと勤めてバリバリ仕事してるから、いいじゃない」

「ううん、会社で仕事してると、外からはちゃんとしてるように見えるかもしれないけれど、もうずいぶん前から、これがほんとうにわたしのやりたいことなのかなって疑問を抱えながら仕事してたんだよね。贅沢な悩みかもしれないけれど、ずっと、今ここじゃないところに自分の人生があるような気がしてたんだ。

もちろん、会社でしかできないこともあるし、会社での仕事が合ってるって人もいると思うわ。でもわたしは、わたしがほんとうにその仕事がしたくて会社に入ったというよりは、大学を卒業したら就職するものっていう暗黙のレールに乗っかって就職しただけだったのよ。ちゃんと自分の人生を考えてそうしたわけじゃなくてね」

「若い頃って、自分がどう生きたいのかなんてよくわからないままに過ぎちゃうもんね。可能性はいっぱいあるけど、ありすぎてわからなくなっちゃうし、周りからの、これがいい生き方、みたいなのに流されちゃう。わたしもあの頃は、結婚したら幸せになれるって信じて疑ってなかったわ」

「うん、わたしも、ほんとうにちゃんと人生考え始めたのはここ最近よ」

「うちの母は、わたしの小さな頃からずっと、いい男の人と結婚するのが女の幸せよ、ってわたしに言い聞かせてたの。だから、それをわたしも信じてたし、いい人と早く結婚したら母も喜ぶってそう思ってたんだよね。母の人生じゃなくてわたしの人生なのにね。それに、いい男っていったいなんだろうね？　この歳になってもよくわからないわ」

と言って美華子は形のいい口を開けて笑った。

「わたしは恋愛のほうは全然だめよ。少し前に、三年付き合った人と別れたのよ。もう三十も過ぎてるのに。これまで付き合った人はいても、結婚したいって思える人にはまだ出会ってないわ」

「結婚に年齢ってほんと関係ないと思うの。結婚って結局、縁なんだって、自分を振り返ってみても、周りを見ていても思うわ。タイミングだってほんと人それぞれ。出会ってそれほど時間が経ってなくても、この人だって確信できることもあれば、何年付き合っても決めきれないこともある。どうしてその差があるのかというと、そこに縁があるかどうかなのよ」

「やっぱり縁か……。わたしと縁のある人はいったいどこにいるのかしら？」

「大丈夫よ、縁がそもそも誰ともない人なんていないんだから。なんかね、わたしも詳しく知っているわけじゃないけど、ソウルメイトとかツインソウルっていうの？　そういう人ってやっぱりいるらしいよ」

「へええ、そういえば、そんな映画あったね」

「なんかね、そういう人とは、誕生日が同じだったり近かったり、名前に同じ文字が使われてたりとか、同じ時に同じ場所にいたりだとか、そういうサインみたいなのがあるらしいんだよね。まあ、必ずそうってわけでもないらしいんだけど」

「ちょっとワクワクするね」

「でしょ。まあでも、そういう運命の人に出会ったら必ず幸せかっていうと、そういうことじゃないんだけどね。結局結婚がいいことでも、離婚が悪いことでもないし、そこから自分がどう成長できるかだと思うのよねえ。それに、結局女は結婚だけでも、仕事だけでも幸せになれないって思うのよ。幸せってなんだろうね……。わかんないけど、でも今、わたしはわたしの道を進んでるな、ってそう思えてるから、幸せかな」

「ほんとそうね。わたし、仕事だけはちゃんとやってきたつもりだったけど、全然幸せじゃなかった」

「今考えるとね、あの時、病気になったのも、元旦那の浮気が発覚したのも、人生見つめ直しなさいっていうお知らせだったのかなって思うんだ。結婚したこと自体は全然後悔はないんだけれど、やっぱりどこかで、自分の人生を旦那さんに預けちゃってて、無責任になっちゃってたのよね。今では離婚してほんとうによかったと思えてるよ。当時は、さすがにそうは思えなかったけど……」

「あ、バリに行った時に出会ったホテルの人も、同じようなこと言ってたよ。自分の生きるべき道ではない生き方をしていると、お知らせが届くようになっているんだよって

……」

「由布子、バリに行ったの？　わたし、新婚旅行がバリだったのよねえ。でもその時わたしは、東南アジアが初めてだったし、戸惑うことが多くって、あんまり楽しめなかった記憶しかないよ……」

「そのさっきの三年くらい付き合っていた人と別れたばかりの時に、仕事でも左遷みたいな異動になって、わたしもその時はダブルパンチだったんだけど、そのおかげというか何というか、会社が異動休暇くれたのもあって、パリに行ってきたんだよね。その時、人生って全部自分次第だよって教えてくれる人に出会ってから、なんかいい感じになってきたんだよね」

「人生自分次第か……」

「そうなのよ。それでさ、ほんの三日前のことなんだけど、昔の同僚が今、子供用品のネットショップやってて、そこで子供服作るのを手伝ってくれないかっていう話になったんだけど、わたし、今の会社辞めてその仕事をする決心をしたところなんだよね」

「そうなのね、由布子、高校の時も鞄とか服とかいっぱい作ってたもんねえ。わたしから見たら、おしゃれの最先端って感じで憧れだったわ」

「え、そうだったの？　知らなかった……」

「応援するわ、今日は話せてほんとうによかった」

自分にとって大事なものって、意外なほど少ない

美華子とたっぷり話していい時間を過ごしたあと、もう三時を過ぎていたのでそのまま駅へ向かい、東京へ帰る新幹線に乗った。そうなるだろうと思って、荷物はもう持ってきていたのだった。

新幹線の中で、ここ数日の間に起こった目まぐるしいことを考えていた。

もう親だけじゃなく親戚中に言ってしまったし、会社を辞めて矢田くんのところで仕事をするということは自分の中で決定事項になっていた。

自分でも信じられないけれど、わたしの心は固まっていた。ほんの数ヶ月前だったら、会社を辞めるなんてことは考えられなかったけれど、今のわたしにとっては、先はわからないけれど、今、この仕事をやってみたいという思いだけは確実なものだった。

新幹線の中で、矢田くんへメールした。矢田くんはもうニュージーランドへ帰ってい

るはずだけど、向こうは今何時くらいだろうか？　たしか、時差は三時間だっけ？

「わたし、決めました。是非これから一緒に仕事していけたらと思います。いつ勤務開始できるかは、明日、会社に出社して上司と退職日を相談してからお知らせしますね。この仕事に誘ってくれてほんとうにありがとう。できる限りの力で頑張っていきたいと思っているので、よろしくお願いします」


翌日出社して、タイミングを見計らって長谷川さんに退職したいということを伝えた。退職理由について、例えば実家に戻ることになったとか、適当に嘘をつくこともできたけれど、そうではなくて、自分の決めたことから逃げたくなかったので、前に会社にいた矢田くんの会社で服を作る仕事をすることになったということをありのままに話した。

「わかりました。せっかく仕事を覚えてもらって、谷口さんの作る社内報もとても評判がよかったから残念だけど、応援するわ。一ヶ月半後に浜田さんが産休から戻ってくることになっているから、その時までいてくれるとありがたいんだけど、どうかしら？」

「そうなんですね。わかりました。浜田さんが戻るまでは勤務します」

浜田さんが戻ってくる時期は聞いていなかったので、ああ、それならよかったと胸をなでおろした。長谷川さんに迷惑をかけずに済みそうだ。

会社を辞めるまでの一ヶ月半、会社での仕事もだんだん整理していったけれど、自分の家も綺麗にしたくなる衝動にかられた。

過去を整理したくなる、というような大げさなものではないけれど、もう使わないのになんとなくとっておいたようなものを整理したくなった。

思い出はあるかもしれないけれどもう使わないものや、もらいものだけど、自分では使わないのでどうしようもなくてそのままになってしまっているもの、なんで買ったのかよくわからないようなものがたくさん出てきて、それらを片っ端から捨てていった。

片付けながら、世の中のほとんどのものは自分に関係ないんだなって気づいた。

自分に必要なもの、ほんとうのほんとうに欲しいものやトキメクものって、意外なほど少ない。それに対して、一歩外に出たり、ネットの世界をのぞいてみたら、なんとものにあふれていることだろうか。もちろんそれは、自分以外の誰かが必要なものかもしれないから、要らないものではないけれど、この世界にどっぷり浸かっていると、自分を見失ってしまうのも仕方ないように思えた。

幸せって自分がとても価値のある存在だと思えることかもしれない

矢田くんの会社の日本のオフィスは、目黒にあるマンションの小さな一室だった。家から二十五分くらいはかかるけれど、歩いて行けなくはない距離にあり、毎日のエクササイズとしてちょうどいいので、歩いて通勤することにした。

満員電車に乗らなくてよくなって、もちろん嬉しいのだけれど、ちょっと寂しい気持ちもあって、そんな自分にびっくりした。

「次のステージへと移っていけるのは、今やっていることがいい感じになっている時なんだ」

というアグンの言葉を思い出す。満員電車での通勤がいい感じになったから、わたしの毎日は次へと移行し、満員電車に乗らない日々へと変わっていったようだった。

矢田くんの会社の名前はアユミコーポレーション。アユミというのは、矢田くんの下の名前だ。歩と書いてあゆみ。ガッチリした身体に似合わず、可愛らしい名前だ。

わたしの他には、輸入手続きと在庫管理や発送業務をする遠藤さんという女性と、ネットショップの構築と運営管理をする中田さんという男性のふたりだけの小さなオフィスだった。ふたりとも、三年前に矢田くんがネットショップを立ち上げた時からの社員だということだ。

すでに運営中のネットショップの名前は「SPRING」といった。矢田くんによると、こどもたちが元気よく飛び跳ねているイメージで名付けたというのが建前なんだけど、もともとは、自分の好きなニュージーランドのワインの名前から取ったのだそうだ。SPRINGというのは、人によって、「春」だと思う人もいるし、「泉」だと思う人もいるだろうし、でも、どの意味合いで受け取られたとしても素敵な名前だなと思った。

わたしにはこどもがいないので、もちろんこのお店のことは知らなかったけれど、浜田さんが復帰前に会社に挨拶に来られた時に聞いてみたら、浜田さんは知っていたのでびっくりした。ちょっと日本のテイストとは違ったものが取り揃えてあって、知る人ぞ知る、という感じでおしゃれに敏感な都会の母親たちに人気なんだそうだ。

矢田くんからは、まずはじめは、女の子向けのワンピース五点、トップス五点、ボトムス五点くらいから作って欲しいと言われていた。最初は冒険しないで、そこから少しずつ商品の点数も、作る数も増やしていこうということになった。

「小さなネットの子供用品店で売る服だし、パリコレに出るわけじゃないから、気楽にやってくれたらいいよ」

と言ってくれていた。

パターンと縫製は外注する。すでに矢田くんが知っているところへ話をつけておいてくれている。生地屋さんも、縫製会社さんから何軒か紹介してもらえることになっていたし、学生時代、自分で服や鞄を作っていた頃は、日暮里《にっぽり》の生地屋巡りが趣味だったので自分でも少し心当たりはあった。

最初に矢田くんから言われていた通り、デザインだけでなく、その生産の管理とネットでの販売や在庫の管理まで、ひとまずは全部わたしの仕事だ。

二週間ほどの間に、百枚くらいのデザイン画を書き、ニュージーランドにいる矢田くんと美由紀さんと一緒にビデオ会議でどれを製品化していくか選んでいく。

この仕事をすると決めてから、わたしなりに雑誌を買ったり、ネットで子供服のショップを見て回ったり、デパートの子供服売り場を見に行ったりして子供服を研究していたし、こんな服が作りたい、というアイデアはたくさんあった。生地屋を回り、服のイメージを固めたりもした。

もし自分が母親だったら、どんなシーンでどんな服を娘に着せたいか、と考えながらデザイン画を書くのはほんとうに楽しかった。この服を着るこどもやそれを見ている周りの人たちが幸せな気分になれるような服を作りたい、それがわたしの中心にあった。

ネイビーをメインにしたマリン調のものや、綺麗なピンクに、裾にライトグリーンのチュールをつけたスカート、鮮やかなオレンジの花柄のワンピース、モノトーンの水玉柄のセットアップなど、製品化するデザインが決まっていった。

デザインが固まったところで、パターンと縫製の会社へ打ち合わせに行く。二週間後には、全部のサンプルができ上がってくるという。

最初はわたしの頭の中にしかなかったものが、形になってこの世に生まれてくるのは不思議だ。

もしかすると、どんなものでも、最初は人の頭の中で生まれるのかもしれない。そして、それを形にできるかどうか、それは、その人がどれだけほんとうにそれを形にしたいと願っているか、形にできることを信じているかにかかっているのかもしれない。

だとしたら、これもアグンの言う「すべては、願い通りになっているんだよ」っていうことなんだ。

あの時、美優ちゃんに服を作ってあげてなかったら、ここで子供服を作るというこの展開はなかったかもしれないなあ、と考えるととても不思議な気持ちになる。

人生、ほんとうに何が起こるかわからないし、何が何に繋がっているかもわからないし、先のことはわからない。どれほど周到に準備したりコントロールしようとしても、予期しないことはいつだって起こる。逆に、うまくいく時は何をしてたってうまくいく。

結局わたしができるのは、その時湧き上がってくることを精いっぱいやるだけなんだな、と静かに思った。

初めて自分がデザインした製品ができ上がるまでは、ほんとうに無我夢中という状態で、あっという間に時間は過ぎていった。これほど仕事に熱中したのは、人生で初めてかもしれない。

わたしが作った服が、ネットショップに掲載される前日は、やっぱりとっても緊張したが、ここまで来て出さないわけにはいかない。

いよいよ、その日が来てしまい、その日は転職して初めてちょっとオフィスに行きたくないと思うほどナーバスになっていたけれど、行かないわけにもいかないので、それを振り切って家を出た。

大丈夫、たとえどんな結果になったとしても、自分はやれるだけのことはやった。そのことだけは自分自身に何も恥じることなく、言える。

初めてのことなので仕方がないとはいえ、心配がないわけではなかったのだけれど、ネットショップに商品が並んでから、わたしが作った服たちは順調に売れて行き、最初にしていた心配は杞憂《きゆう》となった。

ネットショップの製品レビューもいくつか入ったのだけれど、概《おおむ》ね好意的なものだった。

もちろん、それは矢田くんがこれまで築いてきたお店の信用や、培ってきた顧客との関係があってのことだ。もしわたしひとりでただ子供服を作ってネットで売ったとしても、こうはいかなかっただろう。ほんとうに恵まれた状況で仕事ができて、ありがたいし幸せだということを改めて噛みしめる。

矢田くんから電話が入って、

「すごく評判いいですよ！　ちょっと海外テイストの入ったおしゃれな子供服がデパートよりだいぶ安く買えるって、お客さん喜んでくれてます。やっぱり谷口さんに来てもらってよかったです。これから、少しずつ点数も増やしていきましょう！」

と言ってくれた。

そう言ってもらって、わたしはわたしの中にさらに幸せが広がっていくのを感じた。

幸せって、自分がとても価値のある存在だと思えることなのかもしれないと思う。そしてその価値は、自分が自分の道を生きることによって、自分で見いだせるものだと、今は思える。

魂の道を歩き出したら、奇跡的なことを次々と引き寄せる

次のシリーズの制作に入りながら販売管理や在庫管理にも慣れてきたある朝、オフィスに着いたら、遠藤さんが、

「谷口さん、大変です！　ネットに出してる服が一気に全部売れて、在庫がなくなりました」

「え、何が起こったの？」

「ママタレントの紗耶香《さやか》が、ブログでこどもにうちの服着せた写真を載せてくれたみた

いなんです」

紗耶香は、十年ほど前に一世を風靡《ふうび》したアイドルグループの一員で、そのグループのメインではなかったものの、人を惹きつける目力と賢そうな顔立ちでとても人気があった。グループ脱退後は、真摯《しんし》に子育てしている姿に好感を抱く人も多く、今ではママタレントNO．1と言っていいくらいの存在感だった。

「まさか！」

と言ってすぐにわたしも紗耶香のブログを検索して飛んでみた。そこには、娘さんがSPRINGのワンピースを着て笑顔で写っていた。バースデーパーティだったようで、ワンピースは妹からのプレゼントだって書いてあった。

特に、うちのショップについて詳しく書いてあったりリンクが貼ってあったわけじゃないのだけれど、あの写真だけで調べられる人にはわかるようで、そのブログ記事のコメントに、

「これ、SPRINGの服ですね！　かわいい～！」

って書いてくれた人がいたのだった。そしてそこから、たくさんの人がオンラインショップを検索して訪れてくれたみたいだ。もともとそれほど多くの在庫を抱えているわけではなかったので、一気に売れてしまったというわけだった。紗耶香がブログに載せ

てくれたデザインだけではなく、他のモデルも一様に売れていた。

どのくらいの人がブログを見ているのかわからないけれど、有名人の影響力というのにびっくりした。今まで、そういうのとは関係のない世界に住んでいたから。

残っている生地を確認し、縫製会社にすぐに連絡し、追加で作ってもらえるよう手配した。そして、紗耶香が読んでくれるかはわからなかったけれど、ブログにお礼のコメントを入れておいた。

それから三週間ほど経ち、在庫も復活した頃、オフィスに、ＳＰＲＩＮＧの服を雑誌にとりあげたいという連絡が出版社から入った。三、四十代の、仕事も家庭も自分自身も大事にして人生をめいっぱい楽しむ女性向けの『ＭＩＷ』という雑誌で、こどもと過ごす休日という特集で、ＳＰＲＩＮＧの服を掲載したいということだった。家でも外でもおしゃれに過ごせる、こどももママも笑顔になる子供服として紹介したいとのことで、こちらとしては願ってもないことだった。

ここに転職してきてから、ほんとうにびっくりすることばかりが続いていて、まるで夢の中にいるような日々だったけれど、毎日が楽しかったし、これが現実だった。

アグンが「自分の魂の道を進めばいい」って言っていたのはこういうことかと身をも

って体験していた。

周りの空気も、風も、木々も、鳥たちも、建物や信号機や車でさえ、すべてがわたしの味方になって応援してくれている、後押ししてくれているような気さえした。


その次の週、指定された都内のスタジオに、今ある全種類の服を持って行った。

そこにはわたしに連絡をくれた編集者の溝口さんが先に着いていた。メールの段階では、下の名前が真紀だったので、すっかり女性だと思っていたのだけれど、男性だったのでびっくりした。名前は「まさのり」と読むのだそうだ。

さらにびっくりしたのは、溝口さんはアグンとてもよく似ていた。もちろん、肌の色は違うのだけれど、くっきりとした眉や二重の瞳がそっくりと言っていいくらいだった。

「溝口と申します。今回は、紗耶香さんのブログで御社の服を知って、連絡させていただいたんですよ。よろしくお願いします。こちら、今日の撮影を担当してくださるカメラマンの西園さん。うちの雑誌との付き合いは長いベテランさんです」

そう言って、ふたりと名刺を交換した。

「SPRINGでデザイナーをしております谷口と申します。この度は雑誌に取り上げていただけるということでありがとうございます。紗耶香さんのブログを見てくださったんですね。あの時は、在庫が一気になくなってびっくりしたんですよ」

編集者と呼ばれる人に会うのも初めてのことだ。前の会社で社内報を作っていたとはいえ、やはり、どこの書店やコンビニにも売られている全国誌とは全く種類が違うものなので、未知の世界だ。

可愛い四、五歳のモデルがふたり、お母さんと一緒にスタジオに来ていて、自分がデザインから制作まで関わった服を順番に着て、完璧なライティングの中、プロのカメラマンが写真を撮ってくれるという光景は、やはり現実のものとは思えないほど眩しいもので、わたしはクラクラした。

カメラマンの西園さんは、白のシャツに黒いスッキリとしたパンツスタイルで、ストレートの髪を一つに束ね、メガネをかけていて知的な感じのする女性だった。真剣な面持ちで、でもこどもたちを和ませながらシャッターを切る姿を見ていると、美華子もこんな風に頑張っているんだろうかって少し思い出した。

編集の溝口さんも、カメラマンの西園さんも、わたしが勝手に想像していた、気取ったようないかにもファッション関係者という感じではなく、笑顔が多くて親しみやすそうな感じだったので、ちょっとホッとした。

撮影終了後、スタジオのすぐ隣のカフェで記事の内容の打ち合わせをしましょうということになったのだけど、そこでの打ち合わせも終わろうとした頃、店員さんが四角い形の上にろうそくが何本か乗ったケーキをトレイに載せて両手で持ち、「ハッピーバースデー」の歌を歌いながら登場したのだった。

「溝口さん、今日誕生日でしょう！　おめでとうございます」

溝口さんは今日が誕生日らしく、それを知っていた西園さんが、あらかじめお店にケーキの用意を頼んでおいたようだった。

その時、わたしは自分の誕生日が明後日だということを思い出した。ここ最近、あまりに仕事に集中しすぎて忘れていた。

「あ、わたし、明後日が誕生日だったのを今思い出しました！　この仕事始めてからまだ三ヶ月ほどなんですけど、あまりに夢中でやってたので、そういうの全部忘れてました。まあ、誕生日といっても、会社のスタッフくらいしか一緒に祝ってくれる人いないんですけどね。あ、溝口さん、誕生日おめでとうございます！」

「あら、そうなんですね！　じゃあ一緒にお祝いしちゃいましょう」

と、西園さんが言ってくれた。

「ありがとうございます。ほんとに忘れてたので嬉しいです」

雑誌の撮影というだけでもとてもありがたかったのに、誕生日まで前祝いしてもらえて、とても満たされた気分だった。

このページができて、雑誌が書店に並ぶのは三週間後だそうだ。

小さくだけど、デザイナーとして自分の写真もそのページに載るらしい。それはなんとも気恥ずかしくもあり、わたしの中で小さなわたしが誇らしくもしている、という感じがした。

その雑誌は、一冊は見本としてオフィスに送られてくるらしいのだけれど、自分でも別にもう二冊自分で書店で購入して、実家に一冊送り、一冊は自分の家に置いておこうと思った。

それは、生まれてからずっと
片時も離れずにそばにあって輝いていた

次の日会社に行ってパソコンを開くと、名刺に載せてあった会社のメールアドレスに、溝口さんからメールが入っていた。

「昨日はありがとうございました。明日誕生日とお伺いして、もしご都合よかったら、ご飯でもご馳走させてください」

というものだった。昨日口にしたように、誕生日とはいえ特に予定なんてなかったので、嬉しいお誘いだったこともあり、すぐに返事をしたら、仕事のあと、渋谷駅から少し歩いたところにある、ひつまぶしが有名なお店はどうかと溝口さんから提案があって、そこへ行くことになった。

お酒はあまり飲まなくなっていたから、食事がメインのお店に決まったのが嬉しく、なんだかそれだけでいい予感がした。最近はそうした直感というか予感みたいなものに敏感になっていた。

次の日、待ち合わせ場所に行くと、溝口さんは先に着いていた。店内は、いかにも鰻《うなぎ》屋《や》さん、という和風の感じでは全くなく、どちらかというと洋風の明るい店内だった。

「気を遣っていただいたみたいでごめんなさい」

「いや、気を遣ったわけじゃなくて、おとといの打ち合わせの時に、大きな会社を辞めてデザイナーになったって聞いて、もっと谷口さんと話してみたいって思ったから」

あの時、誌面に自分も少しだけ載る関係で、どうしてデザイナーになったかをかいつまんで話したのだった。

「自分でも、自分が今の仕事をしてるのがまだ少し信じられないんです。流れに任せてたらこうなったというか、もちろん、自分でも今の仕事がやりたいっていう思いはあったんですけど」

「うん、そういうのわかりますよ。自分に合った波って必ずあって、それを見つけられるか、それに乗れるかが大事な気がします」

「今の会社の社長は前の会社の同僚なんですけど、バリ島に旅行に行った時に偶然再会したんです。それがなかったら、こうはなってなかったと思うんですよ」

「へえ、それはすごい。でも、そういうのってきっと偶然じゃないよね。結局、そこで会わなかったとしてもどこかで会うことになってたというか……」

「ほんとそうなんだと思います」

「人生って、何かそういうものが最初から配置されてるんだろうね、たぶん」

「今の仕事をするようになってから、自分らしいというか、とても自然なんですよね。会社員時代もそれなりに頑張ってたんですけど、今思うとあの時は、すごく無理してたなって。会社が求めるものに必死で自分を合わせてたんだなって。今、自分がやりたいことを夢中になってできるだけで、もう成功っていうか、それ以上の幸せってないんじゃないかというくらいに、毎日ありがたい思いでいっぱいなんです。それに、今回は雑誌にも取り上げてもらって、夢のようですよ。わたしの人生にこんなこと起こるなんてびっくりです。ありがとうございます」

「いえ、こちらもいい誌面になりそうで、楽しみですよ」

人と仲良くなる、というのは得意なほうではないし、あまり知らない人としゃべるのも疲れることのほうが多い。でも今夜は、自然と言葉が出てきて不思議だった。

「なんだか、最近いいことばっかりなんですよ」

「それはいいね。いいことばかりの人と一緒にいたら、自分もいいことありそうだ。そういう自分の道、みたいなのにぴったりとはまると、びっくりするくらいトントン拍子で進んだりするよね。今までの苦労ってなんだったんだろう？　みたいな……。運が向いてきた、というのともちょっと違って、そもそもちゃんと用意されてたんだというか、僕もそう思ったことありますよ」

「溝口さんも、そういう経験があるんですね。なんだか人生って苦労するためにあるんじゃなくて、自分さえ自分のことをちゃんとわかってあげてそこへ踏み出す小さな勇気さえあれば、楽しいことでいっぱいなんじゃないかって、ほんとうはいいことしか起こってないんじゃないかって思い始めてるんですよ。溝口さんはどうして、今のお仕事をしてるんですか?」

一番聞いてみたかったことを聞いてみた。

「小学生くらいから、本屋が僕の憩いの場だったんですよ。自分の好きな漫画とか本の発売日は、完璧に調べてて、帰ったらランドセル置いてすぐに本屋に走って行ってた。あの頃、インターネットもちろんなかったのに、どうやって発売日とか調べてたんだろうって、今考えたら不思議ですよ。

そんな風だったから、出版業界で仕事をするっていうのは、小学生の時から決めてて、そしたらそのままそうなったって感じ。途中漫画家を目指したこともあったんだけど、それは向いていないって高校生くらいで気づいて、そこからは編集者になることしか考えてなかったんです。今の会社に入社して最初は、少年マンガを担当してたんですよ。でも一年前に、女性ファッション誌に配属になったのはちょっと意外な展開でもあったんだけど、本屋さんに来る人を幸せにしたい、というところでは同じことだから、楽しんでやってますよ」

「すごい。溝口さんは、最初からちゃんと自分を知ってて、それに素直に従ってきたんですね。女性誌に配属になったのも、そこにやるべき何かがあるんでしょうね」

「そうだと思います。そういう流れには逆らわないようにしてきたんですよね。頼まれごとは試されごとじゃないけど、自分に来るものにはきっと意味があるって、そんな風に思います」

こんな気持ちになるのはほんとうに久しぶりだったけれど、とても素敵だなと素直に思えた。そして、素敵だなと思える人がいるという状況はなんてすばらしいんだろうと思った。

お店がよかったのか、一緒にいた人がよかったのか、その両方かもしれない。

もう長い間東京に住み、そして東京の華やかさを楽しみ、便利さを享受していたけれど、これまで東京から受け入れられていると感じたことはなかった。なんだか、かろうじて東京に住まわせてもらっている、という気分だったのだ。自分が自分の生き方もよくわからず、自分を受け入れていなかったからだろう。

でも今は違う。わたしは、自分の魂に従って生きるということ、自分が自分の人生を創っているということがもうわかりかけていた。これからもまだ迷うこともあるだろうけれど、いつも自分と一緒にある、ひとつの絶対的な指針を手に入れたのだった。

そして、それは、ほんとうは生まれてからずっと片時も自分を離れることなく、いつもいつもそこにあって輝いていたのだった。

あとがき

自分の人生を創造しているのは自分であり、人生とは本来幸せと喜びに満ちているものである。

これが、一貫して私の伝えたいことととして、私の中心にいつもあります。

今回は、それを物語という形でお届けできることをとても嬉しく思います。


自分の人生を創造しているのは自分とはいっても、自分とは何でしょうか？

毎日鏡で見ている肉体の他にも、精神や思考という見えないけれどたしかに存在するものも自分だと言えそうですし、そして何よりも、自分の本質というのは「魂」です。

自分というのは自分で思っているよりもとてつもなく大きなものですが、その大きな自分を少しでも感じ始めた時、自分の人生は自分で創っているということの意味がわかるでしょう。

そして、魂に沿って生き始めたら、人生とは難しいものでもつらいものでもなく、思いの通りに生きることができる素晴らしい喜びの舞台なのだということが、あなたの人生でも起こり始めます。必要なものは、苦しい努力をしなくても次々と引き寄せることができますし、最終的にはそれは全て最初からあったとどこかの時点で気づくことになります。

本書により、一人でも多くの人がそんな経験をしてくれたらいいなという思いで、この物語を紡ぎました。

これまでも私は、本をたくさん書いてきましたが、物語を書くということは初めての挑戦でした。

何をどう始めたらいいのか最初はわかりませんでしたが、その度に、導いてくれる人や出来事が放り込まれてきました。そして書き始めたものの、途中で筆が進まなくなり、もう無理なのではないか、と思ったことも実はありました。

そうすると、この物語を書き上げなければいけないということを私に伝えるメッセンジャーが現れました。

どうもこの物語が、私の魂の計画の道筋にとって大変重要なポイントに位置しており、何がなんでもこの物語を仕上げなくてはいけない、と魂が私に伝えたがっていたようです。

私に物語を書くという機会を与えてくれ、そして、なかなか完成しないこの物語を粘り強く待ってくださった幻冬舎の君和田さん、私の魂の友として大学時代から私の人生に登場してくれ、この物語をゼロから完成へと導いてくれたたちばなくん、絶妙なタイミングで私の前に現れて素晴らしい表紙のイラストを描いてくださった竹中りんごさんをはじめ、本書の刊行に関わってくださったすべての皆様に感謝致します。

二〇一九年十一月　Amy Okudaira

〈著者紹介〉
奥平亜美衣　ごくごく普通の会社員兼主婦生活をおくっていたが、2012年に『サラとソロモン』と出会い、「引き寄せの法則」を知る。本の内容に従って、「いい気分になれる思考を選択する」という引き寄せを実践したところ、現実が激変。現在は会社員生活に終止符を打ち、執筆業を中心に活動中。「引き寄せ」で夢を叶え、望む人生を手に入れるということを自らの人生で体現し続けている。

GENTOSHA

探し物はすぐそこに
2019年11月5日　第1刷発行

著　者　奥平亜美衣
発行者　見城 徹

発行所　株式会社 幻冬舎
〒151-0051 東京都渋谷区千駄ヶ谷4-9-7

電話:03(5411)6211(編集)
03(5411)6222(営業)
振替:00120-8-767643
印刷・製本所:中央精版印刷株式会社

検印廃止

ISBN978-4-344-03533-1 C0093
幻冬舎ホームページアドレス　https://www.gentosha.co.jp/

この本に関するご意見・ご感想をメールでお寄せいただく場合は、comment@gentosha.co.jpまで。